ROMEO

ROMEO

a straeon eraill

Gareth Miles

GWASG Carreg Gwalch

Argraffiad cyntaf: Tachwedd 1999

Rhif Llyfr Safonol Rhyngwladol:
0-86381-551-0

Cynllun clawr: Alan Jones

Argraffwyd a chyhoeddwyd gan Wasg Carreg Gwalch,
12 Iard yr Orsaf, Llanrwst, Dyffryn Conwy, LL26 0EH.
01492 642031
01492 641502
llyfrau@carreg-gwalch.co.uk
Lle ar y we: www.carreg-gwalch.co.uk

Dymuna'r awdur gydnabod
y cymorth ariannol a dderbyniodd
gan Gyngor Celfyddydau Cymru.

Cynnwys

Rhian

F'annwyl Owain,

Sa' i'n gwybod beth sy'n mynd i ddigwydd. Sa' i'n gwybod wir, ond os na fydda i yma pan ddoi di tua thre byddi di'n gwybod pam, ac os bydda i chei di fyth weld hwn ond mae'n rhaid imi'i sgrifennu fe. Rwy'n gwybod taw llyfrdra fyddai mynd a d'adael di ond o leia fe fyddi'n deall pam, a'r peth gwaetha allai ddigwydd iti fyddai hyn a heb wybod pam a gorffod dibynnu arno fe am atebion ac eglurhad.

Ble mae dechre? Heno pan ffônodd e? Pan bympodd e'r Audi yn erbyn Saab Arwyn ym maes parco'r *Griffin*? Pan welais i e am y tro cynta? Pryd gwelais i e am y tro cynta? Sa' i'n cofio. 'Llip' oedd e 'ntefe? Llip y llipryn yn 'i rencot lwyd, nos Sadwrn gwas fferm a'i wyneb gwelw, sbotiog a'i wallt seimlyd. Y tro cynta sylwais i arno fe, y tro cynta sylwodd unrhyw un arno fe oedd ar y bws i Brotest yr Uchel Lys. Gethon ni i gyd sioc ar 'yn tine a llawenychu fod Ysbryd y Chwyldro wedi cyrraedd man mor anghysbell ag enaid llwydaidd creadur bach mor ddiarhebol o ofnus a diolwg â Llip.

Yn ôl y fytholeg deuluol, 'na pryd, yn ystod Protest yr Uchel Lys, y dechreuon ni fynd 'da'n gilydd, ond anwiredd dy dad yw hynny. O'n i'n mynd 'da Arwyn ar y pryd ond es i ac un o'r merched eraill ato fe Llip a sgwrsio 'da fe er mwyn gwneud iddo fe deimlo'n un o'r criw. Tasg anodd, arwrol hyd yn oed, o styried creadur mor fwchaidd a diwetws oedd e pryd 'ny. Pwy gredai hynny nawr?

Nago'n ni'n gwybod beth oedd Ffred Ffransis wedi'i gynllunio/gynllwynio ar ein cyfer ni, na rhagweld ymateb ffasgaidd Mr Ustus Lawton, a gaethon ni gyd yffach o sioc pan roddodd y bwbach bob o dri mis inni am ei ddirmygu e a'i lys. Sioc lawn cymaint oedd bod Llip yn un o'r rhai ballodd ymddiheuro a threulio un diwrnod ar ddeg yn y clinc nes cethon ni'n rhyddhau ar ôl yr apêl.

Roedd y brotest 'na'n drobwynt yn ei hanes e. Am y tro cynta erioed roedd 'da Llip ffrindie. Dechreuodd e yfed. Bryd 'ny, roedden ni i gyd yn credu taw'r Êl oedd y feddyginiaeth fawr at bob anhwylder seicolegol, emosiynol a chorfforol. Sa' i mor siŵr erbyn hyn ac rwy'n sgrifennu â photel win coch ar ei hanner o 'mlaen i. Mae hyn yn golygu ymdrech ewyllys fawr iawn i mi, Owain.

O'n i'n gwneud *TT* ar y pryd ac es i bant i Lanelli i neud ymarfer dysgu a 'na pryd llwyddodd Sonia i ddodi ei chrafange yn Arwyn. Merch o'r Cymoedd oedd Sonia. Wastod yn dishgwl fel doli fach. Wedi dysgu Cymraeg, medde hi, ond doedd hynny ddim yn hollol wir. Roedd rhieni Sonia'n siarad Cymraeg hyfryd Morgannwg â'i gilydd ond yn pallu gwneud hynny 'da'u merch 'rôl iddi ddechre'n yr ysgol. 'Na pam sefodd hi Gymraeg hawdd Lefel O a Lefel A ac ennyn edmygedd llesmeiriol yr adran a chael ei hesgusodi rhag protestio gan y criw achos 'i bod hi wedi cyflawni shwt gamp arwrol yn barod, ac ennill gradd dosbarth cyntaf. Mae pobol fel Sonia'n f'atgoffa i o'r hen hysbyseb fodca *'I used to be a totally boring little prat until I discovered the Welsh language'*. Mae 'na'n fwy gwir am dy dad. Nath e ddarganfod yn glou iawn shwt gallai torri'r gyfraith dros yr iaith ac yfed lot fawr o gwrw gymryd lle personoliaeth a'i helpu e i wneud ffrindie a dylanwadu ar bobol.

Dechreuodd e danco'n ofnadwy a dyna sut dethon ni'n ffrindie. Roedd rhaid i rywun ei gario fe adre o'r *Cŵps* neu'r *Crystal Palace* neu ble bynnag, a chan 'mod i'n sbâr 'rôl cwpla 'da Arwyn, fi fydde'n cael y jobyn 'ny, fel arfer.

Nago'n i erioed wedi cwrdd â chrwt mor anhapus. Sa' i'n moyn tanseilio dy berthynas di â Taid a Nain ond dylet ti wybod eu bod nhw'n bobol wahanol iawn nawr i beth oedden nhw pan oedd dy dad 'run oedran â thi. Ry'n ni wastod yn gweud eu bod nhw'n dy sbwylo di. Wel y rheswm am 'ny yw dy fod ti'n cael y maldod a'r sylw chafodd e ddim.

Ond 'na fe. Llygad y geiniog oedd yr unig ffordd i 'gystadlu efo'r hen siopa mawr felltith 'na'. Mewn geirie eraill, cybydd-dod digymrodedd ac ecsploetio'u mab 'ddar oedd e'n ddim o beth trwy 'i orfodi e i ddilifro papure bob bore cyn cychwyn am yr ysgol; a neges pobol, ar y beic, bob nos 'rôl dod tua thre. Pobol oeraidd iawn oedd Taid a Nain bryd 'ny. Ro'wn i'n argyhoeddedig taw'r unig dro gethon nhw gyfathrach rywiol oedd pan genhedlwyd dy dad. Philistiaid rhonc. Ar wahân i lyfre ysgol dy dad, y llyfr cownt a llyfr y ffôn oedd yr unig rai groesodd riniog *Gwyndy Stores.* Nid er mwyn dy droi di'n eu herbyn nhw rwy'n dweud y pethe hyn, ond er mwyn iti ddeall, ac er mwyn f'atgoffa'n hunan. A chyfiawnhau'n hunan, efallai . . .

Fi oedd y ferch gynta iddo fe fynd mas 'da hi, heb sôn am fynd i'r gwely! Ddigwyddodd hynny ddim am sbel. Dechreuodd e wisgo fel y bechgyn eraill a golchi ei wallt ambell dro a'i dyfu e'n hirach, a recomendodd un o'r bois rywbeth o'r siop gemist gas wared â'r plorod. Fel gas e fwy o hyder wrth brotestio ac yfed, weles i nag o'dd 'rhen Llip yn dwp o bell ffordd, a taw'r rheswm penna y llwyddodd e i fyw dan garreg gyhyd heb i bob diferyn o ddynoliaeth gael ei wasgu ohono fe oedd bod 'da fe lot o hiwmor.

Roedd e wedi dwlu arno' i oddi ar yr amser y dechreues i gymryd sylw ohono fe a dechreues inne 'i hoffi ynte wrth i'r sylw hwnnw a'i fywyd newydd wneud gŵr ifanc teidi ohono fe, nes daeth 'Llip' yn lasenw nad oedd neb yn cofio'i darddiad e.

Doedd y berthynas ddim yn boblogaidd 'da'n teuluoedd ni, na'r briodas, pan ddaeth hi. I Taid a Nain, ceidwadwyr siopwrol, ofnus, mawr eu parch at *Laura Norder,* menyw ddrwg o'n i, wedi bod yn y jàil ddwywaith ac 'o flaen ei gwell' ddege o weithie, ac yn arwain Huw 'cw ar gyfeiliorn. Roedd Mam-gu a Da'cu wedi'u siomi'n ofnadw na fydden i wedi priodi Arwyn. Roedd e'n grwtyn mor ddifyr a thalentog â lot mwy o *class* na Huw druan, ac er y bydde Arwyn yn dweud pethe eithafol o blaid yr iaith ac yn galw'i hunan yn sosialydd, fe welodd Dadi fod pen da at fusnes yn cwato tu ôl i'r rhethreg asgell chwith.

Roedd dy dad a fi'n moyn dechre teulu gynted ag o'n ni wedi priodi. Fe oherwydd ei fod e wedi cael plentyndod mor dorcalonnus a fi oherwydd 'mod i wedi bod mor hapus yn Gwastad Faes 'da Mami a Dadi a 'mrawd a'n chwiorydd a'r ceffyle a'r da a'r holl greaduriaid eraill a'r tractors a'r offer a'r cymdogion.

O'n i wedi bod yn dysgu ym Machynlleth am dair blynedd pan ddechreuodd dy dad yn y Drenewydd, felly ro'dd 'da ni rhywfaint wrth gefn ac fe wydden ni y gallen ni ddibynnu lot ar Da'cu a Mam-gu a thamed bach ar Taid a Nain. Ond golles i'r babi cynta. Bues i'n sâl iawn ac yn isel iawn am hir. Ro'dd 'da fi ddou ddewis – anghofio pob syniad am gael plant neu drial 'to ar unwaith, a 'na 'nes i. Gymeres i ofal mawr a threulio'r rhan fwya o'r pedwar mis olaf yn y gwely. Buodd e werth e achos ge's i ti. A dyna'r amser gore gethon ni. Y deng mlynedd nesa. Y tri ohonon ni 'da'n gilydd. Er bod yr arian yn brin achos 'mod i wedi rhoi'n job lan.

Mae dy dad yn dweud taw tlodi orfododd e i chwilio am waith 'da'r BBC, ac mae'n wir fod pob siec ddaeth o 'Helo Bobol' wedi ei derbyn gyda diolch, ond fel lot o athrawon â mymryn o sbarc roedd e'n anfodlon tost. Pan gas e gynnig bod yn gynrychiolydd y Bîb yn y canolbarth, bachodd e'r cyfle i ddianc o'r stafell ddosbarth ac ennill lot mwy o arian am lot llai o waith. Wedyn aeth e i HTV ac ennill mwy fyth am lai fyth. A phan ddaeth S4C, sefydlodd e a Siôn a Geraint *Teledu'r Dre Wen* i wneud rhaglenni 'poblogaidd', h.y. sbwriel, fel 'Pa Hwyl?' a 'Shw' ma'i Heno?' a gweithio'n galed, yfed yn galed, mercheta'n galed a gwneud lot fawr o 'bres go-iawn o'r diwadd'. A'r cyfan 'er mwyn Cymru', a'r iaith, wrth gwrs!

Dechreuodd e fod yn anffyddlon gynted ag y cyrhaeddon ni Gaerdydd. Gallen i ddweud bob tro achos doedd ei athrylith gelwyddog e'n da i ddim yn y cyswllt hwnnw. Roedd ei fam wedi rhaglennu Huw fel na alle fe gelu oddi wrthi unrhyw gyfrinach fyddai'n tramgwyddo'n erbyn ei hawdurdod, a phan briodon ni, trosglwyddwyd yr awdurdod hwnnw i mi.

'Y Lysh' fyddai'n cael y bai fel arfer, neu'r 'Fenyw'. 'Oddan ni wedi yfad gymaint, Rhi, wyddwn i ddim be o'n i'n neud. Wir ichdi. Dyna'r unig ffor' fedris i ga'l gwarad â'r hulpan wirion. Joïs i 'run eiliad, os ydi hynny'n ryw gysur ichdi!'

Weithe bydde fe'n fy meio i! Achos 'mod i wedi bod 'da Arwyn a chariadon eraill cyn iddo fe'n nabod i. O'n i wedi cael ffling cyn priodi – felly o'dd hi'n iawn iddo fe gael sawl un nawr! Ond roedd e'n fy ngharu i! Doedd 'run fenyw yn y byd yn debyg i mi. Alle fe ddim meddwl am fyw hebddo i a ti, ac roedd e'n dirmygu ac yn casáu ei hunan am roi shwt loes imi . . .

Roedd 'da fe obsesiwn ynglŷn ag Arwyn. Gwybod yn iawn, er na 'wedais i hynny wrtho fe erioed, taw ail digon siomedig i

Arwyn oedd e ac roedd e'n synhwyro 'mod i'n difaru na chymeres i Arwyn yn ôl pan erfyniodd hwnnw arno' i. Bob tro byddai Arwyn ar y bocs fel llefarydd Plaid Cymru dros rhywbeth-aruthrol-bwysig neu ddarpar-ymgeisydd, neu'n dadlennu menter ddiweddaraf teicŵns gwlatgar Gwynedd, byddai Huw wastad yn cyfeirio ato fel 'd'ŵr cynta di'. Os na fyddet ti yn y stafell . . .

Dyna pam synnes i gymaint pan glywes i taw canlyniad tolcio car ei archelyn ym maes parcio'r dafarn yn Llyswen fyddai ei fod e, Huw, yn rhedeg stiwdio *GofoTel* yng Nghaernarfon am dri mis tra byddai Arwyn yn y Stêts yn astudio'r datblygiadau technolegol diweddaraf.

'Gofala na fyddi di a Sonia'n cambihafio,' medde fi'r tro cynta aeth e lan. 'Mae hi'n fenyw ddanjerus.' Ond nage hi o'n i'n ofni. Mae dy dad yn ddyn dialgar iawn ac roeddwn i'n siŵr y bydde fe'n trial cysgu 'da Sonia er mwyn 'talu'r pwyth' i Arwyn . . .

Ond Nia! Nia ddeunaw oed! Dim ond tair blynedd yn hŷn na ti a phum mlynedd ar hugain yn iau na fe. A ffôno i 'weud wrtho' i! 'Tria ddallt . . . Dwi'n dal i dy garu di. Meddwl y byd ohonach chdi. Hwn 'di'r cyfla ola ga' i i fwynhau'r ienctid che's i mo'no fo . . . '

Ma' fe'n mynd â hi 'da fe i grwydro Ewrop am bythewnos i wneud *recces* ar gyfer cyfres ar ddawnsio gwerin.

'Odi Arwyn a Sonia'n gwybod am hyn?' medde fi. Saib hir. 'Wyt ti'n dal 'na, Huw?'

'Ydw . . . Meddwl ella basach chdi'n deud . . . '

Rwy'n dy garu di'n ofnadwy, Owain. Dyw'r smonach hyn yn newid dim ar hynny na chariad dy dad a fi at 'yn gilydd pan gefaist dy genhedlu ac am sbel hir wedyn, ond sut alla' i wynebu pobol? Pam mae shwt gywilydd arno' *i*? Pam ddylen *i* deimlo bod bai arno' i? Sa' *i* wedi gwneud dim byd o'i le, odw i?

Sa' i'n gallu sgrifennu rhagor. Falle gweli di hwn a falle ddim.

Rwy'n llawn o gariad atat ti, Owain bach.

Mami.

* * *

Arbedwyd ugain punt trwy logi bws o'r Cymoedd i fynd â disgyblion dosbarthiadau 3 a 4 i fwrw'r Sul yng Nglan-llyn. Nogiodd y bws – fel y gwnâi'n aml – rhwng Cefncoedycymer a Storey Arms.

Roedd yr ail fws, pan gyrhaeddodd, tua wyth o'r gloch, yn waeth siandri na'r cyntaf. Erbyn hynny roedd hi'n pluo eira a phawb wedi sythu. Penderfynodd yr athrawon mai doethach fyddai dychwelyd i Gaerdydd.

'Ffilon ni gael trwodd at dy rieni di,' ebe'r athro chwaraeon wrth Owain yn y maes parcio ym Merthyr. 'O'dd y llinell yn brysur bob tro trion ni.'

'Dad, siŵr o fod,' atebodd Owain. 'Ma' fe ar y ffôn am orie 'rôl bod bant.'

'Oes bysie'n mynd mas i St Michael 'radeg hyn o'r nos?' holodd yr athro'n bryderus.

'Geiff e ddod 'da ni, syr,' cynigiodd Rhydian Brookes. 'Fi dim ond yn byw yn Wenfô.'

'Gwboi!' ebychodd yr athro.

Er bod golau yn ymron pob un o stafelloedd Gwynfyd, nid oedd neb yn y stafell fyw, y stafell fwyta, y stafell deledu na'r stydi. Sylwodd Owain fod y ffôn yn y cyntedd wedi ei ddatgysylltu.

Safodd Owain wrth waelod y grisiau â'i fagiau wrth ei draed a gwaeddodd tua'r llofftydd.

'Mam! Dad! Fi gatre. Torrodd y bws lawr.'

Dim smic.

Maen nhw wedi mynd mas, meddyliodd Owain. Dychmygodd ei dad yn neidio o'r Audi ac yn rhuthro i'r cyntedd dan weiddi, 'Ty'd, cyw, gwisga amdanat! Dwi wedi bachu bwr' inni yn y lle 'na ym Mhen-tyrch!'

Cododd ei fag ysgol a'r bag cynfas glas ac ynddo ddetholiad o gynnwys ei gypyrddau dillad helaeth, ynghyd â llwyth o geriach arddegol, a dringodd y grisiau caboledig, gloywon. Pan gyrhaeddodd ben y grisiau, sylwodd fod drws y stafell ymolch fwyaf yn llydan agored a'r golau ynghynn yno hefyd. Gollyngodd y bagiau a chroesi'r landing a oerodd yn ddisymwth nes ei fod fel rhewgell.

Gorweddai ei fam yn noeth ac yn ddiymadferth yn nŵr y bàth.

Branwen

Marwolaeth Mam oedd gwreiddyn pob drwg ddigwyddodd wedyn, Rosa. Mi fydda'n hanas ni fel teulu wedi bod yn wahanol iawn pe na bai'r Sais wedi bod ar gymaint o frys i gyrraedd 'i dŷ ha' yn Abar-soch. Doedd o na'i Jag fawr gwaeth. Mi ddaeth hen Wolsley 1500 'Nhad o'r drin yn rhyfeddol o dda, ond mi aeth Mam drwy'r winsgrin.

Mi fu 'Nhad yn sâl iawn ac yn 'i wely'n Walton, Lerpwl ac yn y *C and A* (y sbyty oedd ym Mangor cyn Ysbyty Gwynedd) am dri mis. 'Ddihangodd Branwen a Mathonwy efo mân anafiada . . . corfforol. Fedra gweld 'i mam yn marw yn 'i gwaed, a meddwl bod 'i thad wedi'i ladd hefyd, ddim peidio ag effeithio am byth ar hogan ddeg oed, a'i brawd oedd ddwyflwydd yn hŷn. Mi ddaeth y profiad â nhw'n agos iawn at 'i gilydd. Nes iddyn nhw ffraeo.

Oherwydd y gwahaniaeth oedran, ma'n debyg, mi oedd Mathonwy a Branwen yn fwy o ffrindia efo'i gilydd nag oeddan nhw efo fi, ac mi roth y ddamwain ragor o belltar rhyngddan ni. Rydw i'n dal i deimlo'n euog, nad oeddwn i yno efo nhw a 'Nhad a Mam. Fel tasa hynny wedi medru gneud gwahaniath. Ac ella basa fo.

Dydd Sadwrn ym mis Mai oedd hi, a finna wedi cael aros adra i swotio ar gyfar Lefel A. Doedd gan y ddau fenga ddim esgus dros beidio â chael 'u llusgo rownd Pen Llŷn a pherthnasa Mam.

Roeddan nhw ar 'u ffor' adra, ac yn mynd dow-dow ar hyd y stretsh troellog, poncioc fydda'n arfar bod rhwng Y Ffôr a Llanaelhaearn, pan ddaeth y Sais rownd y tro ar sbîd, methu rheoli'i gar a rhoi clipan i'r hen Wolsley i mewn i'r clawdd. Gâth o bum cant o ffein a cholli'i leisians am flwyddyn.

Er imi deimlo colli Mam lawn cymaint â'r ddau arall a 'Nhad, effeithiodd 'i marwolaeth hi ddim ar gwrs 'y mywyd i i'r un gradda. Mi fyddwn wedi mynd i'r coleg, dilyn yr un cyrsia a mynd i'r un math o waith beth bynnag. Ond doedd 'Nhad ddim 'run dyn. Mi aeth yn 'i ôl i'r gragan y daeth o ohoni rhyw ugian mlynadd ynghynt, pan gwarfodd o Mam. Mi oeddan nhw mor wahanol. Dyna lwyddiant 'u perthynas a'u priodas nhw. Fo mor gymhedrol, mor bwyllog – mor ofnus yn y bôn, dyna'r gwir amdani – a hitha mor hwyliog, mor egnïol, mor agos at bawb . . .

Ac mi fu raid i Branwen gymryd 'i lle hi. Mae bod yn ferch, neu'n fab, i weinidog yn ddigon o gontract. Mae llwyddo i gyplysu hynny â 'pharchus, arswydus swydd' Gwraig y Gweinidog yn dangos hogan mor arbennig oedd Branwen. Ac ar ben hynny, a'i gwaith ysgol, mi fu'n ail fam i Mathonwy a fi, er 'i bod hi'n iau na ni.

Mi fydda pobol yn galw acw rownd y rîl efo problema mor amrywiol â cholli job, colli plentyn, colli cath, neu symans am ddwyn o *Woolworth.* Âi neb o'cw heb gael panad a sgonsan. Ac os na fydda 'Nhad yn digwydd bod adra, mi fydda Branwen yn delio efo'r broblem hefyd. Roedd hi'n athrawas Ysgol Sul, yn rhedag Cymdeithas y Bobol Ifainc, ac yn dallt i'r dim sut i roi amball i flaenor cegog neu chwaer fusneslyd yn 'u lle, heb bechu.

Un ffactor sy'n esbonio llwyddiant Branwen fel 'Gwraig Gweinidog' ydi 'i bod hi'n ferch 'i mam. Roedd y ddwy mor ddel, mor ddeallus, mor ddi-feddwl-drwg, mor ddiffuant.

Y farn gyffredin ydi fod Branwen wedi mynd dros y tresi pan aeth hi i Aber. Dilyn y patrwm arferol o blentyn gweinidog yn adweithio'n erbyn magwraeth biwritanaidd. Nid felly dwi'n 'i gweld hi. Nid gwrthryfela'n erbyn gwerthoedd 'i rhieni wnaeth Branwen, ond canfod gwrthrych mwy teilwng o'i delfrydiaeth ac o'i hawydd angerddol i newid y byd na Iesu Grist annelwig 'Nhad a Chymru haniaethol Mam a fi.

Mathonwy oedd y rebel. Fydda fo ddim wedi cael, fydda fo ddim wedi bod isio ymuno â'r fyddin petai Mam wedi cael byw. Hi blannodd yr hedyn hwnnw yn'o fo hefyd. Athrawes ymarfer corff oedd Mam nes ce's i 'ngeni ac mi oedd hi wedi gwirioni fod Math (a Branwen, i radda) wedi cymryd ar 'i hôl hi. Roedd o'n hogyn corfforol, heini iawn ac yn giamstar efo bat, a phêl o bob siâp.

Mi benderfynodd Mam a 'Nhad nad oedd Mathonwy'n 'academaidd', hynny yw, nad oedd o mor glyfar â Branwen a fi. Ac fel y bydd plant, mi gydymffurfiodd Math â dyfarniad 'i rieni, er bod hwnnw'n hollol annilys. Mi ddirywiodd 'i waith ysgol o nes cafodd o'i hun efo criw o hogia heb ddiddordab mewn dim ond *Man U*, bod yn annifyr efo pawb, a'r *Cadets*.

Mi oedd Mam yn heddychwraig ac yn genedlaetholwraig a fydda Math fyth wedi cael, fydda fo ddim wedi bod isio, joinio'r *Cadets* petai hi'n fyw. Doedd gwrthwynebiad 'Nhad fawr mwy na theimlad – er na ddeudodd o hynny rioed – fod y *British Army*'n Anghymreig a sowldiwrs yn goman. A fedra Math ddim 'mhél â drygia neu ddwyn ceir tra oedd o'n martsio ac yn trin gynna'n y drùl-hôl.

Mi fyddwn i'n sbeitlyd iawn o filwriaeth 'mrawd ond roedd Branwen wrth 'i bodd yn llnau'r iwnifform ac yn sgleinio'r bycla a'r sgidia hoelion mawr. Dyna pam mae Mathonwy'n mynnu mai Kevin drodd Branwen yn *'Fenian'*, chwadal ynta. Gorsymleiddio ydi hynny. Darllan hen lenyddiaeth Iwerddon a hanas brwydra'r Gwyddelod dros ryddid ac annibyniaeth ym mhob cenhedlaeth gynheuodd y gwreichion. Ac er bod straeon Kevin am 'i blentyndod a'i lencyndod yng ngorllewin Belffast, a gwylia yno efo'r teulu wedi chwythu'r fflam yn goelcerth, ni dyna fwriad Kevin. Roedd o mor awyddus iddyn nhw fyw yng Nghymru ag yr oedd Branwen i fyw'n Belffast. Kevin fydda wedi cael 'i ffordd – 'blaw am Math.

Roedd Mathonwy wedi bod yn sowldiwr ers pedair blynadd, wedi gwneud dwy *tour of duty* yng ngogledd Iwerddon a cholli cyfeillion yno, pan glywodd o fod Branwen yn canlyn Kevin.

Roedd y ddau'n digwydd bod adra am chydig ddyddia, Branwen o Aber a Mathonwy o'r Almaen. Mi aeth hi'n ddadl rhwng y tri ohonom ni ynglŷn â Gogledd Iwerddon a 'Nhad yn rhyw fath o gadeirydd. Bob hyn a hyn mi ddeuda Branwen betha fel 'Ma' Kevin yn deud . . . ', 'Ma' Kevin yn meddwl . . . '.

'Pwy 'di'r Kevin 'ma ti'n sôn gymaint amdano fo?' medda Mathonwy.

'Ryw hogyn sy'n coleg efo fi.'

'Wt ti'n mynd efo fo?'

'Ydw.'

'Ydi hyn yn *serious?'*

''Musnas i 'di hynny.'

Mi ddechreuodd Math alw'r Gwyddelod yn gyffredinol, a'r *IRA* yn arbennig, y petha mwya ffiaidd fedra fo heb dynnu

'Nhad yn 'i ben. Chymerodd Branwen ddim ati o gwbwl, dim ond gwenu'n siriol a deud wrtho fo am beidio â siarad yn wirion ac ailadrodd propaganda hiliol ac imperialaidd Byddin Lloegr.

'Dwi ddim yn gweld bai arnat ti, Math,' medda hi, 'er 'i bod hi'n loes calon gen i dy fod ti wedi listio mewn byddin cenedl sy' wedi bod wrthi ers wyth can mlynadd yn gwneud 'i gora i ddifodi'r Cymry a'r Gwyddelod fel pobloedd ar wahân. Ond mi fu James Connolly'n gwisgo'r un lifrai, ac mi ddysgodd betha fu o fudd mawr i'r *Citizen Army* yn 1916. Gobeithio y gwela' i chdi a dy ffrindia'n cwffio dros Gymru rhyw ddiwrnod . . .'

Mi feddylis fod Mathonwy'n mynd i neidio dros y bwr' a'i tharo hi. Yn lle hynny mi gaeodd 'i geg, codi a martsio o'r stafall. Dyna'r tro dwytha y gwelon nhw'i gilydd tan ddiwrnod y briodas.

* * *

Ma'n rhaid 'mod i wedi cynghori cannoedd o bobol ifainc ar achlysuron tebyg i hwn yn ystod y deng mlynadd ar hugain dwytha. Ac wedi gwneud hynny'n hyderus ac yn huawdl, fel arfar. Yn rhy hyderus ac yn rhy huawdl, gan amla, fel y gwyddost ti'n iawn. Ond beth ddeuda' i wrth fy merch fy hun a'i gŵr? Wnaiff yr hen wirionedda, yr hen ystrydeba, y tro? Beth ddwedwn i wrthyn nhw pe na bawn i'n dad i Branwen? Ma'n siŵr y byddwn i yn fy elfen yn doethinebu ynglŷn ag uniad dwy genedl a dwy gangen o'r ffydd Gristnogol. Ond pan fydd dyn yn sôn am 'i ferch 'i hun . . . dydi hi ddim mor hawdd rhaffu ymadroddion gobeithiol, arwynebol.

'Sgwn i? Ma'n siŵr y rho' i berfformiad caboledig, proffesiynol. Bydd di yno efo fi, a helpa fi i osgoi siarad gormod ar 'y nghyfar.

Bydd efo Branwen a Kevin bob cam o'r ffordd. Allasan ni ddim fod wedi gofyn am ferch anwylach, fwy cydwybodol, na mab-yng-nghyfraith mwy bonheddig ac ystyriol. Ma' Kevin wedi gweld petha enbyd iawn, na fedrwn ni yma yng Nghymru hyd yn oed 'u dychmygu. Mae o wedi diodda gorthrymdera ac ergydion creulon, heb chwerwi.

Eto i gyd, fedra' i ddim peidio ag ofni 'i ddylanwad o ar Branwen. Nid 'i ddylanwad 'i hun chwaith, a bod yn deg â'r hogyn, ond dylanwad 'i gefndir o. Ma' hi wedi mopio efo Iwerddon a phopeth Gwyddelig, yn enwedig gwleidyddiaeth y wlad druenus honno, ac rydw i'n synhwyro 'i bod hi'n ymhél â dylanwada a thueddiada peryglus a sinistr.

Ma'n edifar gan Branwen na chafodd hi 'i geni'n Wyddelas, ond chwara teg i'r hen Kevin, mae o i weld yn benderfynol o ddŵad yn Gymro, a setlo yma'n 'yn plith ni.

Gwylia dros Peredur. Ma'n dda iawn gen i 'i weld o'n llwyddo cystal ond rydw i'n ama'n gry' a ydi o'n arddel, bob amsar, y safon o onestrwydd ac unplygrwydd ddysgist ti iddo fo. Dim golwg 'i fod o a Mair yn meddwl dechra teulu. Blaenoriaetha gwahanol . . .

Bydd efo Mathonwy hefyd, ble bynnag mae o. Hydreiddia'i enaid cythryblus â'r cariad tyner a'i hamgylchynai pan oeddet ti'n ei gario yn dy groth. Â chariad mam, todda galon a garegwyd yn dalp o gasineb at 'i chwaer 'i hun.

Diolch am wrando arna' i, 'nghariad i. Diolch am dy gyngor. Mi wn i y byddi di efo fi bob munud o bob awr, a phob awr o bob dydd, hyd nes y ca' i ddŵad atat ti.

* * *

Priodas grand, Rosa. Un o'r crandia'n y dre 'ma'r flwyddyn honno. Capal yn llawn. Dros gant o westeion. Teulu ni, teulu Kevin, ffrindia coleg y ddau. Y neithior mewn marcî ar y lawnt o flaen Heulfryn, ac yn haeddu pum seran, gan mai Ar Lwy – cwmni oedd gen i a Mair siârs yn'o fo – oedd yn gyfrifol.

Branwen fel tywysoges Geltaidd. Kevin yn Wyddel ac yn Gymro bob yn ail. 'Nhad ar ben 'i ddigon.

Siaradodd 'Rhen Ddyn yn dda, chwara teg. Call iawn. Wedi hen arfar. Mi wnaeth Kevin i bobol chwerthin mewn tair iaith, a finna, y gwas, mewn dwy.

Tydi hi ddim yn arferiad ffor' hyn i'r briodferch siarad, ond mi fynnodd Branwen. 'Cydraddoldeb,' medda hi. Isio pregethu oedd hi. Isio herio a beirniadu a chythruddo. Gan fod pawb oedd wrth y byrdda'n rhyw fath o genedlaetholwyr Cymreig neu Wyddelig, yr unig un gythruddodd hi oedd Mathonwy.

Atebodd hwnnw mo'r gwahoddiad, ond mi ddaeth serch hynny. Dwi'n meddwl 'i fod o'n sefyll y tu allan i'r marcî yn gwrando ar 'i chwaer yn mynd drwy'i phetha.

Sut fath o betha? '*Rhoddwyd* Branwen ferch Llŷr yn wraig i Frenin Iwerddon, ond *dewisodd* Branwen ferch Llion Weriniaethwr o Wyddel!' Wedyn mi aeth yn 'i blaen i fadda i Mathonwy am beidio â dŵad i'r briodas ac i resynu bod Dominic, brawd Kevin yn methu dŵad 'am 'i fod ynta'n filwr, yn rhengoedd arwrol Byddin Weriniaethol Iwerddon, yr *IRA*'.

'Mae'r *IRA*,' medda Branwen, gan fynd i hwyl, 'fel pob byddin arall, wedi cyflawni erchylltera ac wedi achosi marwolaeth pobol ddiniwad, ond os gellir cyfiawnhau milwriaeth o gwbwl, mae'n rhaid imi osod Dominic ar dir moesol uwch na 'mrawd fy hun oherwydd mae Dominic, o leia, yn ymladd dros undod a hunaniaeth ei wlad ac nid i warchod buddianna gwladwriaeth estron!'

Fel roedd Branwen yn coffáu tad Kevin 'a fu farw yn 1966, fis ar ôl cael 'i guro'n ddiymadferth gan dri *B-Special*, sy'n dal â'u traed yn rhydd; a Martin, 'i frawd o, a saethwyd gyda phedwar Pabydd diniwad arall mewn siop fetio yn yr Ormeau Road', mi glywsom y sŵn mwya melltigedig – metal yn cael 'i waldio a ffenestri'n malu, a llais yn bloeddio 'Bastad! Bastad! Bastad! *No Surrender! No Surrender!*'

Fi oedd y cynta allan o'r marcî a gweld Mathonwy yn 'i *full dress uniform* – côt goch a streips sarjant arni a chap du â phluan wen – yn sefyll yn syth o flaen car Kevin a Branwen, fel petai o'n gardio'r Frenhinas. Mi oedd 'na wên ddieflig ar wynab Math, a golwg y diawl ar y car. Y ffenestri a'r lampa wedi'u malu, a'r corff yn dolcia mawr.

Mi sefon yn rhythu'n filain ar 'yn gilydd nes cyrhaeddodd pawb arall. Allat feddwl bod Branwen wrth 'i bodd o weld Mathonwy a be oedd o wedi'i neud.

'Ac mi dde'st wedi'r cwbwl, Math!' medda hi a'i breichia ar led, fel petai hi am roi clamp o sws iddo fo. 'Presant hefyd!' medda hi a phwyntio at y car. 'Dangos faint o feddwl sy' gen ti o dy chwaer fach! Faint wyt ti'n 'i charu hi!'

'Cadwa di oddi wrtha' i, yr ast! Yr hwran!' medda

Mathonwy, ac mi fasa hi wedi mynd yn ffeit rhyngdda i a fo am y tro cynta ers dros bymthag mlynadd, 'blaw bod 'Nhad, 'rhen dlawd, wedi dŵad rhyngddan ni.

Mi driodd Kevin gymodi efo'i frawd-yng-nghyfraith, ond y cwbwl gafodd o oedd 'i gyhuddo o fod yn 'frawd i derorist alla fod wedi lladd 'yn ffrind gora i mewn cae yn Crossmaglen', ac o briodi Branwen fel *cover* i fomio dros yr *IRA* yn Lloegr.

Mi o'n i ofn i'r Gwyddelod droi tu min at Mathonwy ond rhaid 'u bod nhw wedi synhwyro mai rhyfal cartra oedd hwn, er gwaetha'r iwnifform. Yn y diwadd, mi berswadiodd 'Nhad, a rhai o ferchaid y capal oedd yn nabod Math ers pan oedd o'n hogyn bach, y basa'n well iddo fo 'madal. Ond cyn iddo fo fartsio'n ôl i'w gar, mi glywodd Branwen yn deud ar dop 'i llais wrth Kevin, nad oedd hi am aros yng Nghymru i'w phlentyn gael 'i 'Brydeinio' fel digwyddodd i Math. 'Dydw i ddim isio bod yn Gymraes!' medda hi. 'Dydw i ddim isio i 'mhlant fod yn Gymry. "Dy bobl di fydd fy mhobl i, Kevin, a'th genedl di fy nghenedl innau!".'

Mi oedd Mathonwy wedi deud rwbath tebyg, chydig cynt: 'Byddin Lloegr ydi 'nheulu i rŵan. Y *C.O.* ydi 'nhad i a'r hogia ydi 'mrodyr i. Fedra' i neud heb chwaer'.

* * *

Welist ti rioed ffasiwn le, Luned! Rioed ffasiwn le! Ma' dyn wedi gweld llunia ar y sgrîn deledu'n feunyddiol ers ugain mlynadd a mwy, a darllan erthygla papur newydd bron cyn amlad, ond fedar neb amgyffrad sut le ydi o heb fynd yno.

Y syndod penna ydi fod pobman mor gyfarwydd. Allat ti feddwl dy fod ti'n Lerpwl neu Wrecsam – hyd nes i *armoured-car* fynd heibio, â llanc o filwr deunaw oed yn 'nelu'i wn atat ti ohono fo. Y sioc o weld dau blisman yn cerddad yn hamddenol rhyw bnawn heulog drwy ardal ddigon tebyg i Maesincla, ac wyth o filwyr arfog yn 'u gwarchod nhw! A'r helicoptar ddiflino'n swnian, swnian uwchben, nos a dydd, wrth sbio arnan ni i gyd.

Ma' Branwen wrth 'i bodd yma. Fedra' i ddallt pam. Ma' hi a Kevin yn teimlo'u bod nhw'n gwneud rhywbeth gwerth chweil efo'u bywyda. Branwen yn dysgu Gwyddeleg i fama'r ysgolion meithrin ac yn helpu efo'r papur newydd Gwyddeleg. Papur newydd, beunyddiol! Rhywbeth na fedrwn ni, Gymry Cymraeg, ond breuddwydio amdano fo.

A Kevin yn athro ymroddedig mewn ysgol gyfun yn Ballymurphy, yn ehangu gorwelion, codi gobeithion a gwella rhagolygon hogia o'r un cefndir tlawd a difreintiedig â fo'i hun. Maen nhw ill tri, Branwen, Kevin a Gwyn yn rhan o gymdeithas glòs, gynnas, garedig a gwerinol.

Tasa rhywun yn gofyn imi pwy ydi'r bobol fwya Cristnogol gariadus a chymwynasgar y bûm i'n 'u plith nhw erioed, mi fydda'n rhaid imi atab 'Pabyddion Belffast!'. Oni bai 'mod i'n deud 'Protestaniaid Belffast!'. Mi fydda i'n mynd atyn nhw, ar y Sul. Y fath sêl a defosiwn, Luned. Y fath barch at y Beibl ac adnabyddiaeth drylwyr o'i gynnwys. Y fath ddeallusrwydd diwinyddol a gwerthfawrogiad o egwyddorion sylfaenol y ffydd Brotestannaidd. Fu hi ddim fel hyn yng Nghymru ers cyn y Rhyfel Byd Cynta.

Sut mae pobol sy' wedi 'lleibio i'w cyfansoddiad' werthoedd uchaf y ddwy brif ffrwd Gristnogol, yng ngyddfa'i gilydd? Yn lladd, yn darnio ac yn arteithio'i gilydd?

Ac er enbyted lle ydi Belffast, dwi'n sicr fod Branwen yn well 'i byd yno, yn ysbrydol, na'i brawd, Mathonwy mewn gwersyll milwrol, ynghanol moethusrwydd Gorllewin yr Almaen. Mae ynta'n briod, ag Almaenes. Os cân' nhw blant, mi fydd y rheini'n ddwyieithog. Yn siarad Saesneg ac Almaeneg rhugl.

Dim golwg dechra teulu ar Peredur a Mair. Blaenoriaetha gwahanol. Ella fod dyddia cydio maes wrth faes a gorlenwi ysguboria wedi hen ddiflannu o Wynedd, ond megis dechra ma' cydio cwmni wrth gwmni, rhes tai wrth res tai, a thollti rhenti, lloga a difidends i'r cyfri banc.

Un doniol ydi Kevin. 'Mae 'na wahaniaethau mawr rhwng anffyddwyr Catholig ac anffyddwyr Protestannaidd, Llion,' medda fo pan holis i ai yr un oedd 'i agwedd o a Branwen at y grefydd Gristnogol. 'Mae'r Duw mae'r anghredadyn yn 'i wrthod yn dylanwadu lawn cymaint ar 'i feddwl o ag y mae gwahanol dduwiau'r credinwyr yn dylanwadu ar 'u meddylia nhw.'

Un nos Sul, mi aeth â fi i offeren yn yr iaith Wyddeleg. Fedra' i ddim gwadu fod yno rhyw ysbryd cariadus a defosiynol na cheir mohono fo mewn gwasanaeth o addoliad Protestannaidd. Ond latsh bach! Am imi ofergoeliaeth ac eilunaddoliaeth!

* * *

Mi 'rhosodd 'Nhad dair wsnos efo 'Teulu Bach Belffast' ac roedd hi'n chwith gynno fo ddŵad adra. Dyna'r cwbwl ge's i a Mair am ddyddia wedyn: 'Y bychan yn dŵad yn 'i flaen fel cyw gŵydd! Mi fasa'n dda iddo fo gael cefndar neu gneithar! Pawb mor glên er gwaetha'r helyntion! Branwen a Kevin wrth 'u bodda! Wrthi fel lladd nadroedd dros yr iaith Wyddeleg a phob math o achosion da!' Ac yn y blaen. Hyd at syrffad.

Be oedd yn mynd ar 'yn nerfa ni oedd rhyw awgrym nad oedd gynnon ni'll dau a phobol debyg inni ddiddordab mewn dim ond gneud pres. Mi fydda'n edliw imi – yn ddigon chwareus, ac ma'n siŵr 'mod inna'n rhy groendena – edliw imi gymaint o 'Ddyn y Chwith' oeddwn i'n y coleg, 'A dyma chdi a dy ffrindia, rŵan, yn Thatcheriaid rhonc!'

'If you can't beat 'em, join 'em, 'Nhad!'

'Dydi honno fawr o egwyddor!'

'Honno aeth â'ch arwr mawr chi, Lord Goronwy Roberts i Dŷ'r Arglwyddi!' (Goronwy Roberts oedd Aelod Seneddol Llafur Sir Gaernarfon pan o'n i'n hogyn. Fedrwn ni ddim edliw 'i farwniaeth o erbyn hyn, am fod gynnon ninna'n Harglwydd!)

Beth bynnag, mi ddechreuodd 'Nhad ymddiddori fwyfwy yn hanas Iwerddon, yn enwedig yr helynt yn y Gogledd. Mi fydda'n craffu ac yn clustfeinio bob tro bydda 'na sôn am y rhan honno o'r byd ar y teledu neu'r radio, ac yn cynhyrfu pan wela fo rwla oedd o'n nabod, ar y sgrîn. A phan fydda 'na eitem am ryw erchylltra yng nghyffinia Belffast, mi ffônia ar unwaith, 'i neud yn siŵr fod y Teulu Bach yn iawn'.

* * *

Os ydym yn caru ein Duw, carwn ein gwlad: ac os ydym yn caru ein gwlad, dyma'r amser inni ddangos ein caredigrwydd tuag atti. Bydded i'w hachos gael y blaen ar ein helw, ein hesmwythdra, ie, a'n diogelwch tymhorol ein hunain. Bydded pob un yn barod, yn ei le a'i sefyllfa, ac yn ôl ei allu, i ufuddhau i alwad y Llywodraeth ac i gyflawni'r gwasanaeth a osoda hi iddo. Ymroddwn oll (gan wybod mai ein dyledswydd ydyw) i sefyll neu syrthio, gyda Chrefydd Crist, gyd a'n Brenin a'n dau Dŷ O Barliament, gyd a'n Cyfreithiau a'n rhyddid, a chyd a Gwir Achos ein Gwlad a'n Teyrnas. Wrth sefyll yn yr agwedd hon i amddiffyn ei hunan, yn ofn yr Arglwydd, ac mewn ymddiried ynddo, fe eill Brydain etto fod yn anorchfygol . . .

Nid y Parchedig Ddoctor Ian Paisley, Belffast, yn 1988, ond y Parchedig Thomas Jones, Dinbych, yn 1798.

Roedd y Tadau Methodistaidd i gyd yn Brydeinwyr rhonc: Howell Harries, Pantycelyn, Thomas Charles, Robert Jones Rhos-lan, Ann Griffiths. Ac er nad oedd ganddyn nhw feddwl o'r Gymraeg, ac eithrio fel cyfrwng i ledaenu'r Efengyl, anghydffurfiaeth achubodd yr iaith – gan argraffu egwyddorion democratiaeth a chydraddoldeb ar feddwl y Cymro yr un pryd.

On'd ydi hi'n ddigri sut mae rhai Cymry gwlatgar yn moli'r Eglwys Gatholig, a hitha mor elyniaethus at ieithoedd lleiafrifol, a democratiaeth hefyd, tan yn ddiweddar iawn, iawn? Nid bod 'na sôn amdani'n bygwth democrateiddio'i hun, chwaith!

Mae Pabyddion Ulster, heb os nac oni bai, wedi diodda gormes ac erledigaeth greulon ers dros drigain mlynadd. Ond taswn i'n hun yn byw yno, fyddwn i ddim am 'y ngorfodi i fod yn ddinesydd gwladwriaeth sy'n llawforwyn i Eglwys Rufain, a'i chyfansoddiad wedi'i sylfaenu ar ddogmâu pabyddol.

* * *

Pharodd ewfforia 'Nhad ddim yn hir.

Am y flwyddyn gynta ar ôl iddi fudo i Felffast, mi fydda Branwen yn sgwennu ato fo bob wsnos. Llythyra hir, difyr a doniol am ddigwyddiada teuluol a helyntion cymdogion, perthnasa, a mama'r dosbarthiada Gwyddeleg. Mi fydda hi a 'Nhad ar y ffôn efo'i gilydd o leia unwaith yr wsnos hefyd.

Yn fuan ar ôl ymweliad 'Nhad, mi ddechreuodd llythyra Branwen gyrraedd yn llai amal. Mi aethon yn fyrrach, fyrrach, heb na straeon na chlecs. Roedd hi a Kevin yn ddi-sgwrs ar y ffôn. Weithia, mi glywem leisia diarth yn deud 'u bod nhw wedi mynd allan.

Mi oedd petha'n ddrwg iawn yng Ngogledd Iwerddon ar y pryd. Pobol ar y ddwy ochor yn cael 'u lladd oherwydd 'u crefydd. Weithia fesul hannar dwsin a mwy. Roedd 'na adroddiada am sowldiwrs a phlismyn yn cael 'u saethu neu 'u bomio rownd y rîl.

Mi benderfynon mai straen magu teulu ynghanol y fath wallgofrwydd oedd i gyfrif am dawedogrwydd Branwen.

* * *

Rydw i'n poeni am Branwen a'r bychan, Luned. Dydi hi ddim i'w chlywad hannar mor hapus ag o'r blaen. Anamal bydd hi'n ffônio. Byth yn sgwennu. Ma' Peredur yn meddwl – rwbath ddeudodd Branwen wrtho fo – fod Kevin wedi mynd i yfad yn o drwm. Mi fu hynny'n wendid yn y Gwyddelod fel cenedl erioed, gwaetha'r modd.

Pam na fedar yr eglwysi neud rwbath amgenach na chollfarnu'r terfysgwyr a chladdu'r meirwon? Pam na ddaw arweinwyr yr enwada at 'i gilydd, a'u cynulleidfaoedd i'w canlyn, a mynnu heddwch cyfiawn? Ma' gweinidogion yr Efengyl a'r Esgobion Pabyddol yn cyd-weld ar gymaint o betha; tystiolaethu yn erbyn materoliaeth ac anlladrwydd yr oes; gwarchod sancteiddrwydd y teulu a'r foesoldeb Gristnogol, draddodiadol; gwrthwynebu gau-broffwydi erthylu, ysgaru, gwrywgydiaeth a gwyrdroada ffasiynol eraill. Pam na fedran nhw uno o blaid heddwch?

Mi glywis ar y newyddion bora 'ma mai hogyn o ogledd Cymru oedd yr 'aelod o'r Ffiwsilwyr Cymreig' a saethwyd yng Ngogledd Iwerddon echnos. Chysgis i'r un eiliad neithiwr, fel y gwyddost ti, rhag ofn i'r ffôn ganu ac i lais ddeud wrtha' i mai Math ni oedd o. Druan o'r hogyn a'i rieni. Eu trallod nhw ydi'n rhyddhad inna, mwya 'nghywilydd.

* * *

Ma' raid fod Branwen wedi bod yn Iwerddon am tua deunaw mis, Rosa, pan ffôniodd hi a deud 'i bod hi isio dŵad adra am nad oedd petha'n dda rhyngddi hi a Kevin. Doeddan nhw ddim yn meddwl ysgaru, medda hi, ond yn cytuno, ill dau, y bydda hi'n llesol iddyn nhw fyw ar wahân am sbel. Ofynnodd hi fydda modd imi ffendio cartra iddi hi a'r bychan. Ella basa Kevin yn dŵad atyn nhw, yn nes ymlaen.

Digwyddodd bod gen i dŷ yn Twtil, ar hannar 'i atgyweirio. Mi ddeudis fod croeso iddi gael hwnnw, gynta bydda fo'n barod. Mi ddiolchodd yn llaes a gofyn cymwynas arall. Doedd hi ddim yn ffansïo dŵad drosodd ar y cwch efo Gwyn, a chan nad oedd ganddi hi ddima ar 'i helw, faswn i'n medru gyrru siec ati i dalu am docyn awyren, a chyfeirio'r amlen ati hi, yng Nghanolfan Wyddeleg y Falls Road.

Siŵr iawn, medda fi, a holi sut oedd petha cynddrwg rhyngddi hi a Kevin. Y ddiod? Effaith yr helyntion? Ia, ddwywaith.

Rhyw ddeg diwrnod yn ddiweddarach mi ffôniodd fi'n y gwaith i ddeud 'u bod nhw ar 'u ffor'; gofyn faswn i'n 'u cwarfod nhw, ond nad oedd 'Nhad i fod ar gyfyl y maes awyr.

Gwyn, yn y *buggy,* nabodis i gynta pan ddeuthon nhw oddi ar y plên, am fod Branwen wedi lapio sgarff am 'i hwynab. Pan dynnodd hi o fymryn, prin y nabodis i hi, roedd 'na gymaint o olwg arni. 'I phen hi fel ffwtbol, 'i hwynab hi'n ddu-las, a'i braich mewn sling.

'Kevin,' medda hi'n swta, wrth imi rythu. 'Ty'd.' A rhoi *buggy* Gwyn imi i'w wthio at y car.

Roeddan ni wedi mynd heibio Queensferry cyn imi fentro holi: 'Be ddigwyddodd, Bran?'

'Mi ath Kevin o'i go pan ddeudis i 'mod i a Gwyn yn 'madal,' medda hi. 'Gei di'r hanas ar ôl inni gyrradd adra.'

Che's i ddim.

Sioc arall 'mhen tridia. Mathonwy'n ffônio i ddeud y basa fo'n lecio dŵad adra i weld 'Nhad a fi a Mair.

Dyna'r adag roedd petha'n dechra mynd yn flêr tua Kuwait. Mi wirfoddolodd Math i fynd allan i Sawdi, oherwydd fod gynno fo gymwystera parafeddygol, ac wedi'i hyfforddi i ddelio efo effeithia arfa cemegol.

'Dydw i ddim yn meddwl am funud y bydda i mewn peryg, Pered,' medda fo, 'ond ma' rwbath fel hyn yn gneud i ddyn feddwl. Ma'n bryd inni gallio, a dechra siarad efo'n gilydd eto.'

'Ydi,' medda finna. 'Mi fyddan ni'll tri'n falch iawn o dy weld di. A Branwen hefyd. Ma' hi wedi gadal 'i gŵr.'

Saib hir. Wyddwn i ddim be i ddisgwl. Wedyn dyma Mathonwy'n deud y basa fo wrth 'i fodd tasa Branwen a fo'n medru bod yn ffrindia eto.

A hynny fu.

* * *

Does yr un drwg sy'n ddrwg i gyd, chwadal yr hen air. Deilliodd daioni mawr o helyntion Branwen yn Iwerddon. Hi a'i brodyr yn cyd-dynnu'n fendigedig a'r teulu'n fwy unedig nag y buo fo er pan gadawaist ti ni, Luned.

Nid 'ffydd fy nain' mo fy ffydd i, na fy ffydd i fy hun pan oeddwn i'n fyfyriwr diwinyddol ac yn gyw pregethwr. Dydi'r hen amheuon ddim yn fy mhoenydio i rŵan chwaith. Wrth heneiddio, rydw i'n mynd yn fwyfwy argyhoeddedig fod rhyw bŵer cariadus yn hydreiddio'r bydysawd. Grym tragwyddol, anorchfygol na fyddai'n caniatáu i fynegiant mor wiw ohono fo'i hun â'th enaid di, fynd i ddifancoll.

'Duw – Cariad yw'. 'O gariad rhad! O gariad drud! Sydd fil o weithiau'n fwy na'r byd!' Y cariad dwyfol hwnnw, Luned, ddihidliwyd drwot ti, arnom ni fel teulu, ddaeth â ni drwy anialwch blin y blynyddoedd diwetha, a'n clymu'n dynnach nag erioed wrth ein gilydd, yn aelodau o'r un teulu.

Dydi'r ffurfafen ddim yn ddigwmwl. Wyddon ni fawr ddim o hanas Kevin. Cyndyn iawn fu Branwen i sôn am achos y gwahanu, hyd yn oed wrth Mathonwy, er 'u bod nhw'n gymaint o lawia eto â phan oeddan nhw'n blant.

Ac wrth i Branwen ddihatru 'lleisiau a drychiolaethau' Belffast, ac adfer 'i hunan-barch, dyma argyfwng newydd, arswydus yn dwyn Mathonwy oddi arnom ni, gan ddirwyn orig felys iawn i ben mewn gofid a phryder.

* * *

Chawson ni ddim eglurhad gan Branwen sut bod 'i phriodas hi wedi dirywio mor ofnadwy ond mi oedd Mathonwy'n fwy na pharod i sôn am Dorothea. Roedd hi chydig yn iau na fo ac yn gweithio fel ysgrifenyddes a chyfieithydd yn y gwersyll yn Bielefeld.

'Hogan beniog, 'run fath â'n chwaer!' medda fo. Un ddel iawn, hefyd, a barnu ar y llunia ohoni.

Mi addawodd Mathonwy ddŵad â hi i'n gweld ni, ar 'i *leave* nesa, 'pan fydd y miri yma drosodd'. Mi oedd o am drio'i chael hi i gytuno iddyn nhw setlo yng Nghymru, a dechra busnas o ryw fath, ar ôl iddyn nhw hel digon o gelc. Mi ddeudis i y gwnawn i bob dim fedrwn i i'w helpu nhw.

Mi fu honno'n bythefnos hapus iawn. Ond 'popeth da ddaw i ben'.

Mi es i a Mair atyn nhw i Heulfryn am swpar, noson ola' Math. Fel oedd Mair a Branwen yn dechra clirio'r llestri, dyma Mathonwy'n troi at 'Nhad.

'Newch chi rwbath i mi, Dad?' medda fo.

'Os ydi o o fewn 'y ngallu i, 'ngwas i,' medda'r Hen Ddyn.

'Offrymu gweddi drosta' i. Tra ydan ni yma, i gyd efo'n gilydd.'

Dipyn o sioc inni gyd. Yn enwedig i 'Nhad. Ond mi ddaeth ato'i hun reit handi ac anghofia' i byth mo'i eiria fo:

'O Dduw Dad, trown atat ti ar awr gyfyng iawn yn hanes y ddynoliaeth a greaist, ac yn ein hanes ninnau fel teulu. Erfyniwn arnat i droi meddyliau a chalonnau arweinwyr y cenhedloedd at wirioneddau tragwyddol Efengyl Iesu Grist. Taena'th adain garedig, warcheidiol dros Mathonwy, ble bynnag yr â, a dychwel ef yn ddianaf i'n plith. Yn enw ac yn haeddiant dy unig anedig fab, Iesu Grist. Amen.'

Mi sgwennodd Branwen at Mathonwy o leia unwaith yr wsnos tra buo fo i ffwr', ac mi sgwennodd ynta'n ôl yr un mor gyson, nes y cafodd ei frifo.

Ddeudodd Branwen ddim wrtho fo fod Kevin wedi'i dilyn hi o Werddon a'i fod o'n byw efo hi a Gwyn yn Twtil.

Roedd Kevin wedi newid. Roedd o'n nerfus iawn a ddim

hannar mor hwyliog ag o'r blaen. Rhybuddis i o y basa fo ar y llong nesa o Gaergybi petai o'n dechra bwrw'i gylcha, ond roedd o a Branwen fel tasan nhw'n dallt 'i gilydd ac yn falch o gael byw dan yr unto, efo Gwyn.

Rois i job i Kevin. Hel rhenti, delio efo cwynion tenantiaid, cysylltu efo Arfon a'r Cyngor Sir, ac ati. Mi wnaeth 'i waith yn rhagorol. Tynnu 'mlaen efo pawb. Arbennig o ffeind a chymwynasgar efo hen bobol. O'n i a 'Nhad yn methu dallt sut trodd o mor gas at Branwen.

Wedyn mi ddaeth Mathonwy adra. Yn gorfforol, mi oedd o wedi dŵad yn 'i flaen yn wyrthiol, er bod ôl y llosgiada'n dal yn hyll iawn dros ranna helaeth o'i gorff. Os mai hyn'na ydi *friendly fire* yr Iancs, gas gen i feddwl be fedran nhw neud pan fyddan nhw o ddifri.

Yn feddyliol, mi oedd Mathonwy ar y dibyn. Mi fydda'n cael *flash-backs* ac hunllefa, ac yn teimlo'n euog oherwydd 'i fod o wedi dŵad o'r gyflafan yn fyw a'i ffrindia wedi'u lladd. Ar ben hyn i gyd, tra buo fo dros y môr, mi aeth Dorothea i fyw at un o'i swyddogion o. Ac mi oedd Branwen a Kevin yn ôl efo'i gilydd, wrth gwrs, a Kevin wedi'i dderbyn fel cyflawn aelod o'r teulu, unwaith eto.

* * *

Does arna' i ddim ofn anffyddiaeth, Luned. Mi fedrwn i ddygymod â hynny lawn cystal â'r rhan fwya o 'nghyfoedion, 'cyffredin ac ysgolhaig', a chyda digon o hunan-barch i beidio â throi mewn cyfyngder at swcwr ofergoelion sentimental. Beth sy'n 'nychryn i, wel'di, ydi argyhoeddiad cynyddol mai pwerau'r Fall sy'n llywodraethu'r byd.

Sut arall mae esbonio rhyfal dianghenraid, melltigedig 'i effeithia ar gannoedd o filoedd o wŷr, gwragedd a phlant bach? Sut arall mae dallt llawenydd cenhedloedd 'gwareiddiedig' wrth ddathlu'r fath alanastra? Onid dyna pam ma' Mathonwy ni yn y fath gyflwr truenus?

Mi seriwyd 'yn mab ni mewn tanchwa a gynheuwyd gan fwledi'i ochor 'i hun. Mi welodd gnawd ac aeloda'i gymrodyr yn boethoffrwm i Moloch ar y tywod gwaedlyd o'i gwmpas. Mi glywodd, ac ynta'n ddifrifol wael mewn ysbyty, fod 'i wraig wedi'i adael o, ac mewn perthynas odinebus ag un o'i swyddogion.

A rŵan, mae aduniad Branwen a Kevin, ddyla fod yn destun llawenydd inni i gyd, yn 'i ysu o fel tanchwa arall. Tasat ti wrth f'ymyl i, fasa gen i obaith i'w cymodi nhw. Wn i ddim ddylwn i edmygu Branwen am gymryd Kevin yn ôl, ynteu arswydo. Ma' hi'n deud 'i fod o wedi newid, ac wedi cefnu ar y petha barodd iddo fo ymddwyn mor anifeilaidd. Ond ŵyr hi ddim am ba hyd ceith o aros. Syndod mawr i'r ddau oedd 'i fod o wedi cael gadael Iwerddon o gwbwl, oherwydd daliada gweriniaethol y teulu. Mi alla'r awdurdoda gipio Kevin fory nesa, a'i alltudio fo'n erbyn 'i wyllys, i'w wlad 'i hun. Beth wnâi Branwen wedyn? Fydda dim yn rhoi mwy o foddhad i Mathonwy.

Pwy faga blant, Eluned?

* * *

Grefis i ar 'Nhad, Rosa, i ddisgwl nes basa Mathonwy wedi troi at wella cyn trio creu cymod rhyngddo fo a Branwen, ond 'Nhad oedd yn gorfod byw efo fo, er y bydda Mair a finna'n galw yn Heulfryn bob cyfla gaem ni.

Mi oedd Mathonwy'n byw ar wisgi a gwahanol dabledi, wedi chwerwi'n ddiawledig, a 'Nhad yn gorfod gwrando ar 'run peth, rownd y bedlam: "Mrawd-yng-nghyfraith wedi landio ar 'i draed dydi? Byw efo'i wraig a'i fab mewn tŷ bach twt yn Twtil. Joban handi'n hel rhenti i Peredur. *Welsh Nash* y dre 'ma i gyd wedi gwirioni am 'i fod o'n siarad Cymraeg. Gwyn 'i fyd o. A drychwch arna' i – wedi 'nifetha am byth!'

A'r Hen Ddyn yn torri'i galon wrth atab: 'Nag wyt, siŵr iawn, Mathonwy. Gwna di fel ma'r doctoriaid yn ddeud wrthat ti, a rhoi'r gora i slotian yr hen wisgi felltith 'na . . .'

Mathonwy'n arthio'n ôl: 'Da i ddim i'r Armi. Da i ddim i neb! 'Ngwraig wedi 'ngadal i ac yn disgwl babi dyn arall tra o'n i'n "gneud 'y nyletswydd". Be dach chi'n galw peth felly, Dad, "trefn Rhagluniaeth"? "Rhagluniaeth Fawr y Nef, mor rhyfedd yw"! Rhyfadd ar y diawl! Uffar o drefn! Ydach chi'n meddwl ma' Gwyddal ydi Duw, Dad? Ydach chi'n meddwl ma' Padi ydi'r Brenin Mawr? Fasa hynny'n egluro lot, basa?'

I neud petha'n waeth, tra oedd Mathonwy ar 'i fwya cynddeiriog, mi laddodd yr *IRA* dri aelod o'i gatrawd o, yn yr Almaen. Mi recordiodd Mathonwy pob eitem newyddion am y digwyddiad ac mi fydda'n chwara'r tâp drosodd a throsodd, o fora gwyn tan nos.

'Ma'n rhaid inni dynnu'r atgasedd dychrynllyd yma o enaid Mathonwy cyn i hwnnw'i ladd o, Peredur,' medda 'Nhad. Ac mi gytunis i ddŵad draw i Heulfryn efo Branwen a Kevin rhyw bnawn. Doeddwn i ddim wedi disgwl i Mathonwy gytuno i'w gweld nhw, ond mi wnaeth, ar unwaith, er calondid mawr i 'Nhad.

Roeddan ni wedi troi'r parlwr ffrynt yn siambar i Mathonwy. Fan'no'r oedd o'n lled-orwadd ar y soffa, wedi eillio a gwisgo'n reit daclus, ac yn edrach yn fwy c'lonnog nag oeddwn i wedi'i weld o ers wsnosa.

Aeth 'Nhad i mewn gynta, a deud 'yn bod ni wedi cyrraedd. Wedyn dyma fi'n dilyn, a Branwen a Kevin ar 'yn ôl i. Chymerodd Mathonwy ddim sylw ohona i na Kevin, dim ond syllu i fyw llygaid Branwen.

'Branwen,' medda fo.

'S'mai, Math?' medda hitha. 'Ma'n ddrwg calon gen i dy weld di fel hyn. Ma' Kevin a fi isio bod yn ffrindia efo chdi.'

'Fedra' i ddim bod yn ffrindia efo chi, tra ydach chi'n ffrindia efo'r *IRA,*' medda Math yn ddigyffro.

'Dydan ni ddim, Mathonwy,' medda Kevin.

'Paid â phalu clwydda,' medda Mathonwy, heb godi'i lais. 'Wyddoch chi,' medda fo, a throi at 'Nhad a fi, 'fod cartra'r rhein wedi bod yn *safe-house* i'r *terrorists?'*

'Ma' daliada Kevin a Branwen wedi newid, Mathonwy,' medda 'Nhad yn ffwndrus.

'Wyddoch chi be ydi *safe-house,* Dad?' medda Mathonwy. 'Tŷ lle fedar yr *IRA* guddio gynna . . . '

'Fuo 'na erioed ynna acw,' medda Kevin, ond chymerodd Math 'run sylw.

' . . . trefnu i ladd sowldiwrs, plismyn a phobol ddiniwad. Holi pobol oedd wedi digwydd sbio'n gam arnyn nhw, a phenderfynu oedd y rheini'n mynd i gael 'u lladd, 'u saethu yn 'u coesa, neu ddim ond 'u leinio!'

Er bod Mathonwy'n siarad yn glir ac yn bendant iawn, mi oedd 'i wynab yn fflamgoch erbyn hyn, a wyneba Branwen a Kevin fel y galchan.

'Fi wahoddodd nhw acw, Mathonwy,' medda Branwen, 'nid Kevin. Ac ma'n edifar gin i.'

'Ydi'n edifar gin ti am y bobol laddwyd gan 'ych *house-guests* chi?'

'Os ydi Branwen a Kevin yn wir edifeiriol am beth ddigwyddodd,' medda 'Nhad, 'ma'n ddyletswydd arnon ni i fadda iddyn nhw.'

'Fel ma' hi wedi madda i hwn am hannar 'i lladd hi?' medda Mathonwy cyn troi at Kevin a holi: 'Pam troist ti tu min ati, Mick? Y *Godfathers* fynnodd, am fod gynni hi frawd yn 'Rarmi?'

'Mi oeddan ni dan straen, oherwydd *harassment* yr *RUC* a'r fyddin. O'n i'n yfed yn drwm,' medda Kevin yn gryg.

'Beidio bod yr *harassment* a'r yfad yn ganlyniad i be 'nest ti i Huw Arwel Evans?' medda Math, dan wenu fel tasa fo newydd sgorio gôl mewn cyp-ffeinal yn Wembley.

'Ty'd, Bran,' medd Kevin a chydio'n 'i llaw hi.

'Naci, Kevin,' medda hitha a thynnu'i llaw yn rhydd. 'Rhaid inni wynebu hyn hefyd, efo'n gilydd.'

'Am be wt ti'n sôn, Mathonwy?' medda 'Nhad, er 'i waetha. 'Pwy ydi Huw Arwel Evans?'

'Pwy *oedd* o ddylach chi ddeud,' medda Mathonwy, dan fwynhau pob eiliad o chwithdod Branwen a Kevin. 'Hogyn o Sir Feirionnydd. Newydd gael 'i ugain oed, pan fuo fo farw. Hen hogyn bach siort ora', diwylliedig iawn, wrth 'i fodd efo canu gwerin. Dyna sut ddechreuodd o a'i ffrindia fynd i *Macfadden's*, pỳb ynghanol Belffast, lle ma' 'na fiwsig o ryw fath bob nos. Mi gyfarfyddodd Huw Arwel Wyddal yn siarad Cymraeg yno. Boi clên iawn. Wedi priodi hogan o'r dre 'ma. Mi ddeuthon nhw'n ffrindia mawr. Rhyw noson, dyma'r Gwyddal yn perswadio Huw i fentro i dafarn arall, yn y Lower Falls Road. Ŵyr neb yn iawn be ddigwyddodd wedyn. Dim ond y Gwyddal a'i fêts fedar ddeud hynny wrthan ni. Ond fora trannoeth, mi ffendiwyd corff Huw Arwel Evans mewn chwaral ddim yn bell o'r Upper Springfield Road, a thri bwlat yn 'i wegil.'

Mi oedd Kevin a 'Nhad wedi ista erbyn hyn, y naill yn syllu drwy'r ffenast, ar y Fenai, a'r llall â'i ben yn 'i ddwylo. O'n inna'n pwyso ar y silff-ben-tân, yn rhythu'n hurt ar lun graddio Branwen.

Os oedd Mathonwy'n disgwyl i Branwen syrthio ar 'i glinia ac ymbil am faddeuant, mi gafodd 'i siomi. Mi edrychodd hi'n syth i'w wynab o ac atab yn dawal ac yn hunanfeddiannol, er bod 'i hwynab hi'n dal fel y galchan.

'Arna' i ma'r bai am farwolaeth yr hogyn yna, Mathonwy,' medda hi. 'Fydda Kevin ddim wedi'i hudo fo o *Macfadden's*, 'blaw amdana' i. Mi ddeudis yr awn i'n lle Kevin, tasa fo'n gwrthod. Lusgis i Kevin yn ôl i Felffast. Drois i 'i fywyd o yno'n uffarn. Mi dalodd ynta'r pwyth yn ôl, yn giaidd. Ond 'dan ni wedi madda i'n gilydd. Dyna'r unig ffor', neu mi fyddan wedi casáu'n gilydd am weddill 'yn dyddia. Ma' casineb yn caethiwo ac yn lladd, Math, a maddeuant yn rhyddhau ac yn bywiocáu.'

'Cerwch i ofyn i rieni Huw Arwel am faddeuant!' medda Mathonwy, ar dop 'i lais. 'Gobeithio y llosgwch chi'ch dau yn nhân uffarn am be naethoch chi i'r Cymro yna a'i deulu!'

Dyna pryd y cododd Kevin a rhoi'i fraich am ysgwydd Branwen.

'Faint o bobol wyt ti wedi'u lladd, Mathonwy?' medda fo, fel tasa fo'n gofyn 'sawl panad o de yfist ti ddoe?'

'O'n i'n sowldiwr!' medda Math.

'Ac mae lifrai Byddin Lloegr yn cyfiawnhau llofruddiaeth?'

'Ddim bob tro, ond o leia o'n i'n mentro 'mywyd 'yn hun, yn wahanol iawn i ti, y cachgi dauwynebog.'

Chododd Kevin mo'i lais ond mi welwn fod pob gair fel llafn yng nghnawd Mathonwy.

'Dwyt tithau a dy siort fawr o arwyr, Mathonwy. Cofia di am yr ugain mil o filwyr Irac a gladdwyd gennych chi'r Brits a'r Iancs dan dywod yr anialwch. Am y teuluoedd a ddifodwyd gan eich bomiau "deallus". Am yr heidiau o blant digartref sy'n marw o haint a newyn bob dydd ar strydoedd Bagdad. Am y Cwrdiaid a'r Shïaid a fradychwyd. Sgarmes rhwng cefnogwyr dau dîm pêl-droed ydi helynt Gogledd Iwerddon, o'i chymharu â'r Armagedon y chwaraeaist ti ran mor ddisglair ynddi!'

Roedd Mathonwy wedi dechra mynd i ffit 'mhell cyn i Kevin

orffan 'i herio fo. Lusgis i a Branwen Kevin o'r stafall a gadal 'Nhad i drio tendiad ar Mathonwy, oedd yn sgrechian 'i fod o'n cael 'i losgi'n fyw.

* * *

Mi gysgodd drwy'r nos ar ôl cymryd beth bynnag roddodd y doctor iddo fo, ac mae o'n dawal ac yn llonydd bora 'ma. Dda gen i mo'i weld o'n crio, Lun, a'i gofio fo'n hogyn ffit, heini a hwyliog. Bron iawn 'i bod hi'n haws dygymod â fo'n tyngu ac yn rhegi, er cymaint y loes mae hynny'n beri inni, ac iddo fo'i hun.

'Sut gwyddat ti am y petha y bu Branwen yn 'mhél â nhw tua Belffast, 'ngwas i?' medda fi wrth fynd â phanad i Mathonwy gynna. 'A'r rhan ddychrynllyd chwaraeodd hi a Kevin yn nhynged y cr'adur bach hwnnw o Lanuwchllyn?'

'*Military Intelligence,*' medda fo. 'Mi oedd gynnyn nhw *circumstancial evidence* i gysylltu Kevin â marwolaeth Huw Arwel, ond dim prawf pendant. Allan nhw fod wedi'i restio fo beth bynnag, ond mi feddylion y basa mwy i'w ennill trwy adal iddo fo chwysu, a chracio.

Ge's i *briefing* ganddyn nhw cyn dŵad adra ar *leave,* cyn mynd allan i'r *Gulf.* Ofynnon nhw imi ffendio bob dim fedrwn i am gysylltiada 'mrawd-yng-nghyfraith a Branwen efo'r *IRA.* Mi wrthododd Branwen ddeud dim byd wrtha' i.

Ar y pryd, feddylis i mai 'i ofn o oedd hi. Neu 'i gefnogi o am 'i fod o'n ŵr iddi, ac yn dad i Gwyn. Mi glywsoch chi hi'n cyfadda 'i bod hi'n fwy o ffanatig na fo. Dydyn nhw ddim yn difaru be neuthon nhw. Dim ond ofn cael 'u dal. 'Ma' Padi wedi llygru'n chwaer i, Dad. Os medrodd hi ewyllysio llofruddiaeth Huw Arwel ddiniwad, mi fasa wedi medru ewyllysio'n marwolaeth inna.'

Wedyn mi ddechreuodd feichio crio eto. Mi fu ond y dim i minna neud 'run fath.

* * *

Y diwrnod hwnnw llofnodwyd y cytundeb rhwng *Ffyniant a*

Ceredig yn uno'r ddau gwmni, ac mi oedd Mair a fi wedi trefnu dipyn o ddathliad. Mi ddaeth 'na ryw ddeg ar hugain acw, rhwng 'yn criw ni a chriw Aberystwyth, a gwragedd a phartneriaid.

Ffôniodd 'Nhad gynta tua deg. Deud 'i fod o'n poeni'n ofnadwy am Mathonwy. Hwnnw'n llyncu dyrneidia o dabledi a gwydriada mawr o wisgi bob yn ail. Ffônis i'r doctor ac mi biciodd ynta draw i Heulfryn ar unwaith.

Oedd hi'n tynnu at hannar nos pan ffôniodd 'Nhad nesa. Er bod y doctor wedi mynd â'r wisgi a'r tabledi oddi ar Mathonwy, roedd o'n dal i chwara'r tâp fideo am y Ffiwsilwyr a saethwyd gan yr *IRA*, drosodd a throsodd.

'Siaradith o 'run gair efo fi, Peredur,' medda'r Hen Ddyn, 'ac ma' 'na olwg enbyd, fileinig yn 'i lygaid o. Ty'd draw am ryw hannar awr, i weld os medrwn ni ddwyn perswâd arno fo i ddiffod yr hen beth, a mynd i'w wely.'

Faswn i wedi mynd unrhyw noson arall, Rosa.

Roedd y noson honno'n un arbennig i Mair a fi a'n ffrindia. Uchafbwynt blynyddoedd o waith calad a misoedd o drafod ac o drefnu. Uno'r ddau gwmni oedd y datblygiad pwysica ym myd Menter a Busnes y Gymru Gymraeg er sefydlu S4C.

'Dydi Mair na fi'n ffit i ddreifio heno, 'Nhad,' meddwn i,' 'ond os y byddwch chi'n dal i boeni 'mhen rhyw awran, ffôniwch, ac mi ga' i dacsi. Fel arall, ddo' i a Mair draw 'cw, ben bora.'

Pan ffôniodd 'Nhad nesa, mi ddeudodd fod Mathonwy wedi dengid.

'Gyrhaeddodd y polîs Heulfryn o'n blaena ni.

* * *

'I agwedd oeraidd, ddideimlad oedd y peth mwya arswydus, Luned. Dau ddewis oedd ganddo fo, medda fo'n dawal: mynd o'i go' neu ladd 'i chwaer a'i gŵr, fel iawn am yr hogia lofruddiwyd gan yr *IRA* yn yr Almaen. Petai o wedi dewis gwallgofrwydd, mi fydda hynny wedi bod yn 'fuddugoliaeth arall i'r Gwyddelod a Saddam Hussein' . . .

Roedd 'na foddhad dieflig yn llais a llygaid Mathonwy ac ar

'i wefusa fo wrth ddeud mai yng nghartra rhyw *Fenian,* chwadal ynta, yn Londonderry, y daeth o o hyd i'r *machine-gun,* a'i fod o wedi'i gadw fo 'jest rhag ofn'.

Mi oedd yn edifar ganddo fo am Gwyn. 'Ond ma'n well iddo fo fod allan ohoni,' medda fo. 'Pa ddyfodol fydda i gr'adur bach amddifad, a'i ewyrth wedi lladd 'i dad a'i fam?'

Oni bai i'r bwledi ddarfod, mi fydda wedi rhoi pen ar 'i fywyd 'i hun yn y fan a'r lle. Pan stopiodd yr heddlu fo ar ganol y Maes, mi oedd o ar 'i ffordd i'r Cei, i foddi'i hun. Feddylion nhw mai meddwyn oedd o. Nes gwelson nhw'r gwaed.

Mae o'n rhagweld y ceith o'i roi yn un o ysbytai meddwl y fyddin, ac nid mewn carchar, am 'i fod o'n diodda o *post traumatic stress disorder* o ganlyniad i'w wasanaeth yn y Gwlff ac yn Iwerddon, effeithia'r llofruddiaetha'n yr Almaen ar 'i feddwl o, a chysylltiada Branwen a Kevin efo'r *IRA*. Ma' Mathonwy'n ffyddiog y bydd o â'i draed yn rhydd 'mhen rhyw ddwy flynadd. Go brin . . .

Sut aethon ni gymaint ar gyfeiliorn, Luned? Beth allasan ni fod wedi'i neud yn wahanol?

Mathonwy. Branwen. Gwyn. Kevin.

Be 'na i, Luned?

Luned? Luned!

Paid â 'ngadal i, Luned. Paid â ngadal i yn y tywyllwch, ar 'y mhen 'yn hun.

* * *

Mi oedd y misoedd cynta'n haws ar un wedd. Hyd yn oed yr angladd, y cwest a'r achos llys. Teulu, ffrindia, pobol y dre 'ma i gyd, a phobol ddiarth, yn lapio'u hunan amdanon ni. A Mair 'y ngwraig yn gefn imi drw'r cwbwl, chwara teg iddi.

Ond ma'n rhaid i fywyd fynd yn 'i flaen, a dyna nath o, a 'ngadal i a 'Nhad yn fan hyn efo'n heuogrwydd. Mi ddaliodd Mair ati i'n swcro ni am sbel, ond chymeron ni mo'n cysuro ac mi gafodd hitha lond bol. Ma' hi efo rhywun arall erbyn hyn. Rhywun 'yn y cyfrynga'. Diolch byth na chawson ni blant.

Aeth 'Nhad a fi i ddau gyfeiriad hollol groes. Fo'n troi'n anffyddiwr pesimistaidd rhonc. Finna'n cael f'achub. Yn cael fy llusgo 'drwy fwlch yr argyhoeddiad', chwadal 'rhen bobol. Criw bach o Efengylwyr fu'n gyfrifol am hynny. Rhai yn gyfoedion ac eraill llawar iau. I gyd yn ystyriol ofnadwy ac yn driw iawn pan oedd hi waetha arna' i. Mi ddalion nhw i alw yn Heulfryn ar ôl i'r torfeydd o alarwyr, cydymdeimlwyr a phobol fusneslyd 'madal. Yr awyrgylch ddefosiynol fyddan nhw'n greu, yma ac yn 'u cyfarfodydd, a sŵn 'u gweddïa oedd yr unig gyffuria fedra leddfu'r ing.

Mi ddilynis anogaeth 'yn ffrindia newydd i fyfyrio ar ddioddefaint yr Arglwydd Iesu Grist ar y Groes. Y Duw-ddyn a fu farw drosof i ac a fynnai ddwyn baich 'mhechodau hyll a f'euogrwydd ar 'i sgwydda hardd 'i Hun. Oedd, roedd fy mhechoda'n ffiaidd, ond nid yn anfaddeuol, gan 'i fod O'n barod i fadda, ond imi roi fy hun iddo Fo yn llwyr ac yn ddiamod. Dim ond gwaed yr Iesu Croeshoeliedig fedrai olchi gwaed fy chwaer a'i theulu oddi ar fy nwylo a 'nghydwybod euog i.

Mi gymhellwyd fi i lenwi'r bwlch yn Nhrefn y Moddion a achosodd salwch 'Nhad. Roedd hynny'n fwy na derbyniol gan yr aelodaeth nes y diflason nhw ar glywad am 'ddwyfol rinwedd Gwaed yr Oen' ym mhob oedfa. A disgrifiada byw o 'boena tragwyddol Uffern Fawr, gan bechadur a chanddo brofiad o bangau daearol nad ydynt ond megis maldod cariadus o'u cymharu â'r artaith ddiddiwedd a ddisgwyl, tu hwnt i'r bedd, yr anghredadyn a'r cableddwr, y Cristion glastwraidd, diargyhoeddiad a phob meidrolyn arall sy'n gwrthod neges achubol ein Harglwydd Iesu Grist'.

Er i dipyn go lew o'r ffyddloniaid, h.y. 'Cristnogion diwylliannol' chwadal ninna, gefnu ar y capal, mi ddaeth 'na haid o selogion efengylaidd i gymryd 'u lle. Helynt 'Hywel a Blodwen' ddaeth â 'ngweinidogaeth i ben.

Mi ddaeth cneithar imi o Ganada a'i gŵr i aros atan ni. Roeddan nhw'n lled-adnabyddus fel cantorion yn Ottowa a'r cyffinia, ma'n debyg. Wedi bod ar y radio'n reit amal ac ar y teledu unwaith neu ddwy. Mi fyddan yn arfar treulio o leia wsnos o bob ymweliad â'r Hen Wlad yn Heulfryn. Ac mi oedd hi'n draddodiad, bob tro y bydda Megan a Gerald acw, 'u bod nhw'n cynnal consat yn y festri. Doedd gen i fawr o barch at y traddodiad hwnnw, erbyn hyn, ond rhag 'u siomi nhw a digio rhai hen begors digon diniwad, mi gytunis, ar yr amod mai dim ond eitema crefyddol fydda ar y rhaglen. A dyna a gafwyd – unawda a deuawda o oratorios, emyna, a baledi crefyddol 'u naws. Roedd y cyngerdd dipyn byrrach nag arfar, oherwydd y cyfyngiad ar y *repertoire.* Ond chwara teg i'r datgeiniaid, pan alwyd am 'Encôr!' yr hyn neuthon nhw oedd ailganu'r eitema blaenorol.

Wedyn dyma 'na rei oedd yn cofio ymweliada o'r blaen yn gweiddi 'Hywel a Blodwen' – deuawd boblogaidd o Oes Victoria, lle ma' dau gariad yn datgan 'u serch mewn geiria gweddus iawn. Cytunodd y datgeiniaid ac mi ddechreuodd Megan gwafro: 'Hywel, beth ti'n geisio yma?'

Roedd y gynulleidfa wrth 'i bodd. Pawb ond fi. Mi godis o 'ngorsadd gadeiryddol, martsio allan o'r festri â chlep ar y drws nes oedd y lle'n crynu. Mi o'n i wedi gwylltio'n gacwn efo 'nghyfneithar a'i gŵr. Nid am 'anufuddhau' na 'halogi Tŷ'r Arglwydd' ond am 'ngorfodi fi i gydnabod mai ofergoeliaeth oedd fy ffydd newydd i.

Trwy lwc, diolch i mi, 'Nhad oedd pia Heulfryn ers blynyddoedd. Ond roeddan ni 'mhell o fedru byw'n gytûn. Mi oedd anffyddiaeth 'Nhad yn dân ar 'y nghroen i tra o'n i wedi'n 'achub', ond ddeuthon ni ddim i ddallt 'yn gilydd a'r ddau ohonon ni'n anghredinwyr. Fedrwn i ddim diodda'r edliw diddiwadd. Yr un hen dôn gron, gyhuddgar.

'Tasat ti ond wedi picio yma pan grefis i arnat ti, Peredur. Tasat ti wedi medru tynnu dy hun oddi wrth dy ffrindia am chwartar awr, i sgwrsio efo Mathonwy . . . '

Rhyw fis ar ôl imi 'adael y weinidogaeth', mi ffrwydris.

'A tasach chitha ddim wedi bod yn gymaint o fethiant fel tad. Ddim wedi bod yn hen ddyn bach meddal a di-asgwrn-cefn ar hyd 'ych oes, a'ch tin wedi glynu'n sownd ar dop y ffens, rhag ichi neud dim i bechu neb, fasa Branwen a Math ddim wedi adweithio mor eithafol yn 'ych erbyn chi. 'Ych llwfdra chi laddodd Branwen a gyrru Math i'r seilam. Ac os daliwch chi ati efo'ch hewian hunangyfiawn, mi yrrwch chi finna yno hefyd!'

Fuo 'na ddim llawar o Gymraeg rhyngddan ni wedyn.

Ga' i ddŵad efo chdi, Rosa? Mi oedd Geraint yn iawn. Ma'

clywad dy stori di, a sgwrsio efo chdi, wedi bod yn therapi imi. Dwi'n dechra gweld fy ffor' ymlaen, rŵan. Ond be dâl imi aros yma? Does 'na ddim gobaith newid dim yma yng Nghymru. Ella medrwn i neud rwbath o les yn dy wlad di.

M

'Ma'r cyrri hyn yn rhy dwym!' cwynodd M ar ôl cegaid.

'Yf bach o'r *Buckley's,*' awgrymodd Owain.

'Ma' 'na'n rhy dwym hefyd,' atebodd ei gyfaill yn bigog gan godi ar ei draed. 'Rwy'n mynd mas am awyr iach.'

Cododd Owain ac Andrea gyda'i gilydd a llywio M at lawnt ger talcen y gwesty, a gysgodid gan lwyni deiliog rhag haerllugrwydd y genfaint newyddiadurol ar y lan gyferbyn.

Ychydig oriau ynghynt, cipiwyd M o borth y carchar ar Ynys Wyth, a'i lithio mewn Mercedes du â ffenestri tywyll i'r gwesty ar ynys yn Essex a roesai loches i Chwechawd Birmingham mewn amgylchiadau cyffelyb, ddwy flynedd yn flaenorol.

Cyrhaeddodd M y gwesty yn ei hwyliau gorau, gan edrych ymlaen at ei bryd amhenydol cyntaf ers pedair blynedd. Ond atgoffodd y *prawn vindaloo* a'r cwrw Cymreig ef o nosweithiau balmaidd yn Magaluf ar Ynys Mallorca gyda Dorothy a'i blant, pan ymlwybrai'n ddiofal yn ôl a blaen rhwng y *Taj Mahal* a *Taffy's Bar.*

'Ble af i o man hyn, bois?' holodd M. 'Ble alla' i fynd? Beth yffach 'naf i am weddill 'yn oes, a bwrw 'mod i'n ffindo rhywle call?'

Buasai trueni M yn gocâin ar fysedd y cyfryngwyr a fu'n ei ymlid er pan groesodd hiniog *HMP Albany* y bore hwnnw; a'i glywed yn amau gwerth bywyd 'ar y tu fas' heb ei wraig a'i blant yn gysur i blismyn gwrth-gyffuriau a swyddogion tollau ledled y byd.

Pan garcharwyd M am bum mlynedd ar hugain, ym mis Gorffennaf 1990, addunedodd na fuasai, doed a ddelo, yn bradychu neb a fu'n cydweithio ag ef. 'Wnaf i ddim prynu fy rhyddid fy hunan â phoendod rhywun arall,' meddai trwy ei gyfreithiwr. Oni bai am Ryfel y Gwlff buasai'r unfed ganrif ar hugain wedi cael ei thraed dani cyn i M adael Carchar Butner, Gogledd Carolina.

A dweud y gwir, nid loes i gydwybod M fu 'gollwng Abdul yn y cach'. Fel arall yn hollol. Gydol yr amser y bu'r Bedyddiwr o hipi'n defnyddio rhwydwaith ddiplomyddol-filwrol-ysbïol-derfysgol y Cadfridog Abdul Hassan Majim i smyglo *hash* i farchnadoedd Ewrop a'r Unol Daleithiau, crafai dau o'i dri gorchymyn personol yn erbyn ei gilydd: 'Na farna fel na'th farner' a 'Dim trais'. ('Dim cyffuriau caled' oedd y trydydd.) Teimlai gywilydd mawr o ddeall mai'r Cadfridog a drefnodd y cyrchoedd nwy yn erbyn y Cwrdiaid ar derfyn y rhyfel ag Iran, a chywilydd mwy oherwydd iddo hoffi'r dyn.

Rai dyddiau ar ôl i George Bush ddatgan i'r byd mai'r gŵr a benodwyd ganddo'n unben Irac yn 1973 oedd Gelyn Pennaf y Ddynoliaeth, h.y. yr Unol Daleithiau, hysbysodd M reolwr y carchar fod ganddo rywbeth o bwys i'w ddweud wrth Tony Crespo.

Er bod ymchwiliad y *Drugs Enforcement Agency* i'r gyfundrefn a gyflenwai gocâin a heroin i hap-blasau a hwrdai Las Vegas mewn stad o argyfwng, gadawodd Crespo yr achos hwnnw yng ngofal ei wraig, Gloria, a hedfan ar fyrder o Phoenix i Ogledd Carolina.

Dycnwch Crespo a ddaeth â Theithiau Madog Marijuana i ben, ac ef a'i perswadiodd i 'wneud y peth iawn, o'r diwedd' trwy bledio'n euog i ddetholiad o gyhuddiadau. Gwenai Tony Crespo gydol y daith yn yr awyren. Credai fod M wedi penderfynu dilyn un arall o'i gynghorion a phrynu ei ryddid trwy agor ei geg.

Pan sylweddolodd Crespo cyn lleied o gydweithredu a gynigid, a chlywed M yn mynnu fod uchel-swyddog o'r *CIA* yn bresennol pan ganai, cododd y *Tex-Mex* a dymuno'n dda i'r Cymro tan y flwyddyn 2020. Eisteddodd eto pan atgoffodd hwnnw ef, gyda gwên gwrtais, fod llywodraeth yr Unol Daleithiau'n ystyried rheoli cyflenwad olew y byd yn flaenoriaeth bwysicach o lawer na llesteirio'r fasnach gyffuriau.

''Sdim rhaid imi fynd trwot ti at y *CIA*, Tony,' ychwanegodd, 'ond rwy'n deall gyment o'dd 'nala i'n olygu iti. Licien i i tithe ga'l rhywbeth mas o hyn.'

Tybiai M y defnyddiai'r Americanwyr yr wybodaeth a roes iddynt i bardduo'r *Ba'ath* ac i ysgogi rhwygiadau ymhlith yr arweinyddiaeth. Buasant yn gyfrwysach ac yn fwy mentrus. Cymhellwyd Maji i ddatgelu lleoliadau canolfannau cyswllt pwysicaf byddin Irac a'i chuddfannau tanddaearol yn yr anialwch, ac i ffoi i Sawdi Arabia ychydig cyn diwedd yr ymladd. Yno, ar ôl collfarnu Saddam Hussein a'i holl weithredoedd, derbyniai sêl bendith y cynghreiriaid fel arweinydd yr Irac newydd, oleuedig.

Ehedodd Maji o Fagdad i Riyadh gan ddisgwyl croeso cynnes. Fe'i cafodd. Fel y croesai'r ffin, dinistriwyd yr hofrenydd a'i cludai gan daflegryn *Patriot*. Erbyn hynny, credai Washington y buasai unben a ysigwyd yn haws ei drin nag arweinydd newydd, waeth pa mor llwgr ac adweithiol, a fyddai dan bwysau i ymateb i ddyheadau'r bobl am ddemocratiaeth, cyfiawnder cymdeithasol a moethau gorllewinol cyffelyb, eraill.

Nid oedd gan y *CIA* ddim i'w golli wrth gadw at yr addewid a wnaed i M, a mawr fu digofaint Tony a Gloria Crespo a phlismyn eraill ar bum cyfandir pan ddechreuodd cyfundrefn gyfreithiol yr Unol Daleithiau lacio ei gafael yn eu hysglyfaeth, ychydig wythnosau ar ôl y cadoediad.

Fis Gorffennaf 1991, dychwelodd Stephen Bonis, cwnsel y Cymro ar wasgar, i lys y Barnwr Paine yn West Palm Beach gyda thystiolaeth a berswadiodd y Barnwr i wrthdroi dyfarniadau mwyaf difrifol Gorffennaf 1990. Cyflwynodd Bonis ddatganiadau gan uchel-swyddogion y *CIA* fod M wedi bod yn was ffyddlon i'r asiantaeth ers dros ugain mlynedd, ac iddo dderbyn carchariad ar gam yn wrol a digwyno rhag niweidio buddiannau cenedlaethol yr Unol Daleithiau yn y Dwyrain Canol.

Diddymodd y Barnwr Paine y cosbau a osodwyd ar M pan gafwyd ef yn euog o droseddu'n erbyn Deddfau *RICO (Racketeering Influenced Corrupt Organization)* ond mynnodd ei fod yn treulio chwe mis arall yn y ddalfa fel cosb haeddiannol am droseddau nad oeddynt wedi cyfrannu mewn unrhyw fodd at les neu ddiogelwch pobl yr Unol Daleithiau. Cydsyniwyd â chais y diffynydd i dreulio gweddill ei garchariad yn y Deyrnas Gyfunol.

Syrfëwr oedd Gordon Burke cyn ymuno â'r *Met* yn 1974. Erbyn dechrau'r wythdegau yr oedd wedi dringo i fod yn un o arbenigwyr disgleiriaf Scotland Yard ar lygredigaeth ariannol ryngwladol a channu arian brwnt. Meddai ar brofiad helaeth o gydweithio â phlismyn a chyfreithwyr nifer o wledydd.

Felly, pan ddewisodd cyfarwyddwr yr adran ymddeol yn

gynnar, rhag porthi diddordeb afiach y Wasg yn ei gyfeillgarwch â chapteiniaid diwydiant porn a phuteiniaeth y brifddinas, er nad oedd Burke ond ditectif-ringyll ar y pryd, ef a ddewiswyd i arwain tîm Lloegr yn *Operation Eclectic*, y cyrch maith, cymhleth, amlwladol a chwalodd 'gyfundrefn' M.

Gŵr tawel a chwrtais oedd Gordon Burke, tebycach o ran ymddangosiad ac ymarweddiad i gyfrifydd neu was sifil nag i blismon. Pan ymwelodd ag M noswyl ei ryddhad, fe'i hanerchodd fel petai'n rheolwr banc yn rhybuddio cwsmer anghyfrifol o beryglon gorwario. 'Llawer mwy effeithiol nag haerllugrwydd ystrydebol, Hollywoodaidd Tony Crespo,' meddyliodd M wrth gymryd arno syllu'n eofn i'r wyneb glaslancaidd, gwelw.

'Mae llawer o bobol, mewn llawer o wledydd yn ddig ac yn siomedig iawn oherwydd y byddi di'n ymadael â'r lle yma bore fory'n ddyn rhydd,' ebe Burke yn ei lais undonog, trwynol, de-Lundeinig. 'Ond maen nhw i gyd – am wn i – yn wŷr a merched proffesiynol a phrysur. Rhy broffesiynol a rhy brysur i fynegi eu teimladau mewn modd gweithredol. Ac ar y cyfan, rydym ni . . . maen nhw'n llawer dicach at y gwleidyddion. Beth bynnag, gofynnwyd imi dy hysbysu di, M, ar ran y gymuned heddgeidwadol ryngwladol, na chaniateir iti ddelio eto. Fyth. Fydd yna ddim *Operation Eclectic Mk. II*. Dim achos llys. Dim carchariad. Fe ddiflanni di.'

'Odi 'na'n golygu y lladdwch chi fi os smoca' i *joint* tu fas i'r lle hyn?' holodd M yn hy.

'Waeth gan Scotland Yard, y *Customs & Excise* na'r *D.E.A.* os smygi di dôp o fore gwyn tan nos,' murmurodd y plismon. 'Ond os dechreui di fasnachu eto, mi beidi di â bod. Deall?'

'Rwy' wedi ymddeol. Sawl gwaith rwy'n gorffod gweud wrthoch chi?'

'Edrych ymlaen at fynd yn ôl i Mallorca?'

'Beth wyt *ti'n* feddwl?'

'Fydd hi ddim 'run fath yno heb Dorothy a'r merched,' atebodd Burke, yn goeg-gydymdeimladol. Sylwodd gyda boddhad fod y wên gellweirus wedi cilio oddi ar wefusau M. Gwthiodd ei ewin yn ddyfnach i'r clwyf. 'Sut mae'r plant?'

'Maen nhw'n iach.'

'Siŵr dy fod ti'n edrych ymlaen at 'u gweld nhw eto?'

Syllodd M dros ysgwydd chwith y siwt lwyd ar bared llwyd y gell. Dechreuodd y ditectif glochdar yn ddigywilydd:

'Os bydd Taid a Nain yn caniatáu. Roedd ganddyn nhw gymaint o feddwl o'u merch.'

Caregodd wyneb M. Bwriodd Burke ebill i'r agen. 'Menyw arbennig iawn. Haeddu gwell na beth gafodd hi. Marw o hiraeth ar ôl pwdryn fel ti.'

'Cancr,' ebe M gan syllu gyda dirmyg i fyw llygaid ei boenydiwr.

Ond roedd hwnnw'n llygad ei le, am unwaith. Nes ei bod hi'n rhy hwyr, tybiai Dorothy mai gofid am ei gŵr a fwytai ei bron.

Ac felly, y diwrnod yr enillodd M ei fuddugoliaeth fwyaf yn erbyn heddluoedd y byd oedd diwrnod tristaf ei fywyd.

'Ble af i? Beth 'naf i?' dolefodd wrth Owain ac Andrea.

Plethodd Owain ei fraich chwith trwy fraich dde ei gyfaill; gwnaeth Andrea yr un modd yr ochr arall a dechreuodd y tri droedio'n bwyllog dros gerrig mân cochlyd y rhodfa a amgylchynai'r gwesty.

'Mae'r tŷ yn Magaluf yn barod ar dy gyfer di . . . ' ebe Owain.

Torrodd M ar ei draws yn chwyrn: 'Na. Sa' i'n mynd 'nôl 'co fyth 'to!'

'Pam?' holodd Andrea yn syn.

'Fydde hi ddim 'run fath heb Dorothy a'r plant,' ochneidiodd M.

'Allwn ni sefyll 'ma am gwpwl o ddyddie,' awgrymodd Owain a'i feddwl yn chwilio am atebion i gwestiynau dirfodol ei gyfaill.

'Cwpwl o ddyddie,' gorchmynnodd M. 'Ma'r lle hyn fel carchar.'

'Dipyn bach mwy moethus,' heriodd Andrea'n ysgafn.

''Run egwyddor,' atebodd M.

'Allwn ni fynd i Gwastad Faes, os ti'n moyn?' cynigiodd Owain. 'Sefyll 'co nes byddi di'n gweld pethach yn gliriach. Ma' digonedd o le.'

'Fydde dy fam yn folon?' holodd M yn betrus.

'Dewch chi 'mla'n yn grêt!' ebe Owain yn frwd. 'Ry'ch chi'ch dou'n blant y chwedege!'

Gwenodd M a bendithio ffawd am ei dywys i'r *Tortuga Ligera* yn *Portals Nous* y pnawn chwilboeth hwnnw, chwe mlynedd yn ôl, pan bwysai Owain a'i gyfaill, Rhydian Brookes ar y bar, gan gymryd arnynt wrth griw o Saeson ifainc mai Pwyliaid oeddynt.

'Ye-is, we are from Pow-land,' meddai'r llanc tal, golygus, pryd tywyll wrth y Sais a glywsai'n ebychu: *'Christ! Listen to these two gabblin away! They must be Hungarians or Poles or somethin!'*

'We escaipd through East Shermany, over the Berlin Wall from the Communists who imprisond and torturd our famlies. But soon we will return to our dear Motherland to fight for freedom and Democracy. Solidarnosh, dear English comrades!'

'O ba ran o Wlad Pwyl chi'n dod, fechgyn?' meddai M wrth y 'Pwyliaid' cegrwth. 'Ge's i 'ngeni a'n fagu yn Maestegograd ger Penybontsci!'

'You'll never believe this!' ebe Owain wrth y Saeson, *'This man is Lech Walesa's second cousin.'*

Treuliodd Owain a Rhydian y rhan fwyaf o weddill eu gwyliau post-Lefel A yng nghwmni M a'i deulu ac fe'u gwahoddwyd i ddychwelyd yr haf canlynol. Erbyn hynny, roedd gyrfaoedd y ddau gyfaill wedi ymddidoli. Tra aeth Owain i Goleg yr Iesu, Rhydychen cymerodd Rhydian 'flwyddyn allan' cyn dechrau yng Ngholeg Emmanuel, Caergrawnt, er mwyn hwylio gyda thri chyn-ddisgybl arall o Ysgol Gyfun Glantâf ar rafft a noddwyd yn hael gan Gylch Cinio Cymraeg Caerdydd, Cymdeithas Fusnes Caerdydd, Cronfa Pantyfedwen a TAC, o berygl i berygl a thrwy enbydrwydd ar ôl enbydrwydd, i lawr afon Amason o'i tharddle ym mynyddoedd y Cordillera Central yn Ecwador, trwy ddrysgwigoedd Periw a Brasil, i'r Baía de Majó a Dinas Belén ar arfordir Môr Iwerydd.

Oddi yno, hedfanodd Rhydian i Río de Janeiro, o Río i Amsterdam ac oddi yno i Gaerdydd, gyda'r bwriad o dreulio ychydig ddyddiau gartref gyda'i deulu cyn mynd am bythefnos ymlaciol i Mallorca gydag Owain a'i gariad, Andrea, merch i ffermwr cefnog o Sir Fôn a oedd hefyd ar ei blwyddyn gyntaf yn Rhydychen.

Yn anffodus, baglodd Rhydian wrth ddod oddi ar yr awyren ym maes awyr Cymru-Caerdydd, gan dorri ei figwrn mewn tri man. Gorfu iddo dreulio gweddill yr haf hwnnw'n derbyn triniaeth – ragorol – yn Ysbyty BUPA, Pentwyn.

Ymhell cyn diwedd y gwyliau, roedd Owain ac Andrea, a letywyd yn rhad ac am ddim mewn *pension* a feddai M dan ffugenw, wedi cydsynio i fuddsoddi dros ddwy filiwn o ddoleri ar ran eu noddwr, ond yn eu henwau eu hunain, mewn cyfrifon banc yn y Swistir.

'Tan yn ddiweddar rwy' wastod wedi meddwl taw rhywbeth i'w hala ac nid i'w safio yw arian,' eglurodd M, wrth i'r tri sipian *daquiris* a llaeth coconyt yng nghysgod parasol binc enfawr, a rhialtwch diniwed y traeth yn tincial yn eu clustiau. 'Ond rwy'n tynnu 'mla'n. Ac ma' pob dyn cenol oed, hunangyflogedig â bach o sens yn sefydlu cynllun pensiwn personol.'

'Wt ti'n 'yn trystio ni'n ofnadwy, M,' meddai Andrea, fel petai'n ceisio osgoi'r fath gyfrifoldeb.

'Weda' i wrthot ti pam,' atebodd eu noddwr a'i wên yn tywynnu cyn gynhesed â'r haul uwch eu pennau ar ei glendid ifanc hi a'i chariad. 'Yn gynta, ry'ch chi'n caru'ch gilydd ac yn deall 'ych gilydd. Yn ail, rwyt ti'n studio banco a *computer sciences*, ac ma' fe'n mynd yn gyfrithwr. Ry'ch chi'n berchen y sgilie sy'n sail i bob busnes llwyddiannus yn y byd sydd ohoni. Yn drydedd, 'sdim record 'da chi, na chysylltiad o gwbwl 'da 'musnes i. Ond yn bwysicach na hyn i gyd, ry'ch chi'n whilan Cwmrâg.'

'Alli di ddim trysto rhywun jyst achos bod e'n siarad Cymraeg!' ebychodd Owain, wedi ei synnu gan wlatgarwch naïf ei eilun.

'Rwy'n gwybod hynny,' atebodd M yn ddigyffro. 'Ond ti'n gwbod ar unweth os gelli di neu elli di ddim. Chi'n gwpod taw Cymro, Ernest Jones, oedd disgybl mwya ffyddlon Freud? Bydde'r ddou'n siarad lot am y tebygrwydd rhwng y Cymry a'r Iddewon. Gytunon nhw bod 'da aelode'r ddwy genedl rhywbeth alwon nhw'n *instant recognition.* Gwbod o'r eiliad cynta shwt ti'n mynd i ddod 'mla'n â rhywun. 'Na pam y'n ni Gymry'n gynllwynwyr mor llwyddiannus.'

'Ydan ni?' holodd Andrea'n syn.

"Co chi'r *Scotch Cattle* a Merched Beca,' mynnodd M. 'Chafodd bron neb o nhw'u dala. A'r bois sy'n llosgi tai haf y dyddie hyn – iechyd da iddyn nhw! Gwahanol iawn i'r Gwyddelod. Bob tro trion nhw rhywbeth yn erbyn y Saeson, oedd rhywun bownd o jopsan a gadel y gath mas o'r cwdyn. *Easter 1916* oedd y *cock-up* mwya un . . . '

'M, achan!' protestiodd Owain, 'So ni'n yr un lîg â'r Gwyddelod pan ti'n sôn am gynllwynio! Ma' fe fel cymharu Inter-Cardiff ag Inter Milan!'

'Gas 'da fi'r *inferiority complex* Cymreig!' atebodd M. 'Dylen ni gydnabod a chanmol 'yn rhinwedde ni'n hunen, yn lle wastod trial bod fel cenhedloedd eraill. Wedet ti, ma'n debyg, Owain, fod y Gwyddelod wedi dylanwadu mwy ar y *States* na ni'r Cymry?

'Wrth gwrs!'

'Rong. Fe gas un Cymro fwy o effaith ar fywyd politicaidd ac economaidd yr Unol Daleithie yn y ganrif hon na'r holl filiyne o'r Micks sy'n byw 'co i gyd 'da'i gilydd!'

'Richard Burton 'ta Tom Jones?' gofynnodd Andrea'n goeglyd.'

'Llywelyn Humphreys.'

'Pwy?'

'Murray "The Hump" Humphreys, a rhoi 'i enw barddol iddo fe. Olynydd Al Capone. Ffrind Eisenhower *a* J.F.K., a'r dyn lusgodd y Mob o'r slyms i whare rhan ganolog ym mywyd gwleidyddol, economaidd a diwylliannol yr Unol Daleithie. Fe ddysgodd *gangsters* America shwt i londro arian a dod yn rhan o fyd busnes. 'Na hanes yr *U.S. of A.* fyth oddi ar 'ny – gangsteriaeth a chyfalafiaeth yn cydweithio'n gytûn.

Cymro o Lanbryn-mair oedd yn gyfrifol am 'na. A buodd e farw yn 'i wely'i hunan, yn hen a pharchus. Gwahanol iawn i'r ioncs dwl o Sisili ac Iwerddon oedd yn diweddu lan yn llawn o fwledi, neu miwn siwtie concrit ar waelod yr Hudson River.'

'Mewn geirie eraill, ni'n genedl dan din,' ebe Owain.

'Os nad wyt gryf, bydd gyfrwys!' gwenodd M. "Na shwt dylen ni Gymry fod, wastod, 'da'n gelynion. Ond fyth 'da'n gilydd.'

Ac felly, ar ôl gwyliau yn Iwerddon a barodd nes i'r cyfryngau golli diddordeb ynddo am y tro, camodd M dros drothwy'r ffermdy hynafol ar lan afon Tywi a fu'n gartref i hynafiaid Owain ers cenedlaethau.

Gwnaeth bwyd iach a byw yn y wlad fyd o les i gorff ac enaid M. Er syndod i'w gyfeillion, ac iddo ef ei hun, câi flas ar feistroli gorchwylion fferm a champau gwledig – marchogaeth, pysgota, saethu cwningod a sguthanod.

Daeth ef a Rhian yn hoff iawn o'i gilydd mewn byr o dro. Hudwyd ef gan harddwch aeddfed ei hwyneb, ei cherddediad urddasol a ffraethineb deallus, diwylliedig ei hymddiddan. Edmygai hithau'r rebel diymhongar a heriodd y Sefydliad Rhyngwladol gyhyd. Roedd ysgol profiad wedi callio a thristáu'r ddau, heb huddo fflam gwrthryfel.

'Ni'n gorffod mynd i'r banc,' cyhoeddodd Owain yn ddirybudd prin bythefnos yn ddiweddarach, ar ôl iddo ef ac Andrea sylwi gystal y cyd-dynnai ei fam â'u cyfaill. Erbyn iddynt ddychwelyd o Zurich, roedd M a Rhian yn gariadon.

'Ry'n ni'n dou wedi dioddef,' ebe M rhyw fin nos wrth iddynt sipian te mintys yn y cyntedd gwydr, a phelydrau machlud Mehefin yn pylu o'u cwmpas.

'Ddioddefest ti am herio'r system,' atebodd Rhian. 'Fel cosb am fod yn ddiymadferth a llwfwr y suddes i mor isel.'

'Cosb am fod yn fenyw.'

'Falle. Ta p'un, fe drawes i'r gwaelod y noson ffônodd Huw a gweud 'i fod e'n mynd bant â chroten ddeunaw oed, a daeth Owain adre a'n ffindo i'n feddw shwps yn y bàth. Ych-a-fi!'

Teimlai Rhian ei hun yn gwrido drosti a chaeodd ei llygaid.

'Shwt codest ti lan 'to?' holodd M yn dyner.

'Sobres i. Casineb wnaeth y gweddill. Casineb at Huw. Casineb ataf i'n hunan. Ymladdes i'r ysgariad yn giaidd. Roedd gweld yr ofan yn llyged Llip, yn swyddfa'r cyfreithiwr, pan fydden i'n edliw 'i wendide bach pitw e, a'i hunanoldeb e, ac yn bygwth 'i wneud e'n fethdalwr, yn well na chwrs deng mlynedd o *assertiveness training!*'

''Na shwt ce'st ti'r arian i ddatblygu'r lle hyn?'

'Ie. Aeth y tŷ yn Llanfihangel-y-Fro ar y farchnad jest cyn iddi gwympo, a phan riteirodd Dad a Mam, brynes i siârs 'y mrawd a'n whiorydd yn y lle hyn, a gwerthu'r cwota llaeth.'

'Feddyles i taw gwin Cwmrâg oedd "merlota", nes i Owain egluro!'

'Yfa' i'r un diferyn o win byth 'to.'

'Ma' angen rhyw fath o gyffur ar y rhan fwya ohonon ni, i esmwytho treialon bywyd,' awgrymodd M.

'Sa' i'n gwrthwynebu i ti ac Owain ac Andrea smygu dôp. Ma'n llai dinistriol na lysh neu grefydd. Gofalu am y creaduriaid, garddio, coginio, llyfre, a cherddoriaeth yw 'nghyffur i.'

Trodd Rhian a'i ddal yn gwenu'n edmygus arni.

'A ti,' ychwanegodd dan wenu'n ôl.

'Llwydda hudoliaeth M orau mewn sefyllfa un-i-un,' tystiodd cyfaill a'i bradychodd. 'Mae'n wrandawr dihafal sy'n peri i'r sawl sy'n ei gwmni deimlo wrth siarad fod pob gair a lefara o'r pwys mwyaf. Mae gan M wyneb hydwyth, teimladwy sy'n ddrych i bobl weld eu hunain ynddo fel y dymunant gael eu gweld. Yng nghwmni M, teimla'r rhan fwyaf o bobl yn ffraeth ac yn ddeallus; teimla pobl ddwys yn doeth iawn; teimla rhai a chanddynt broblemau difrifol yn llai unig . . . '

Gwahoddodd Rhian gyfeillion, cydnabod a pherthnasau i Gwastad Faes i gwrdd â'i chymar. Nid aeth nemor un oddi yno heb ei swyngyfareddu gan addfwynder M a'i ddawn fel chwedleuwr.

Meddai ar stôr ddihysbydd o straeon am anturiaethau anhygoel, dihangfeydd cyfyng a throeon trwstan a ddaeth i'w ran mewn lleoliadau ecsotig – o balas yr unben Marcos yn Manila, i gell pennaeth y Maffia yng ngharchar Butner; o gartref Gweinidog yn y Swyddfa Gartref yn Belgravia, lle y bu M yn llechu pan fu ar herw, i fwthyn to cawn yng Nghwrdistan; o hwrdy yn Caracas i dafarn yn Llanymddyfri.

'Gwrddes i ag e rhyw ugen mlynedd yn ôl,' sylwodd M wedi gwrando'n astud am dros hanner awr ar *resumé* yr Athro Emeritus o'i gyfrol ddiweddaraf, *Ystyriaeth Ôl-fodernaidd o Gyfriniaeth Galfinaidd Waldo Williams.*

'Yn Steddfod Hwlffordd, siŵr o fod?' ebe'r ysgolhaig, gan wlychu ei lwnc â the oedd wedi hen oeri.

'Golles i'r Steddfod 'na, gwaetha'r modd,' meddai M gan

anadlu'r nwyon pêr a godai o'r gwydryn boldew yng nghledr ei law. 'Fel hyn y digwyddodd hi. O'n i wedi hedfan miwn i Manceinion o Jakarta, Bombay neu rhywle fel'na, ac yn dreifio tua thre i Faesteg, i sefyll 'da'n rhieni am gwpwl o ddyddie . . . '

'Cyn iti ddechre . . . ' ebe Rhian dan godi oddi wrth y bwrdd â'r tebot yn ei llaw, 'Af i i neud rhagor o de i'n gwesteion . . . '

'Wrth gwrs, cariad,' cytunodd M gan sugno cegaid o goniac ac ymrwyfo'n fwythlyd yn y gwres euraid a lifai drwy ei wythiennau. Gadawodd Rhian y stafell gan dynnu'r drws ar ei hôl a chanolbwyntiodd M ei sylw'n llwyr ar yr Athro a'i briod.

'Yn Llandyfri y cwrddon ni,' meddai M, 'mewn pỳb ar y groesffordd ger y stesion. Nos Sadwrn, a'r lle'n llawn bois rygbi. Y tîm lleol wedi bod yn whare'n erbyn Sgiwen, os cofia' i'n iawn. Ta beth, Sais diflas oedd y tafarnwr. Oedd dim bwyd i'w gael ar nos Sadwrn, medde fe. A chan ei fod e ar ben 'i hunan, a'r lle'n llawn meddwon, alle fe ddim slipo mas i'r gegin i neud sangwej hyd'nod.

'Na ble'r o'n i'n pwyso ar y bar 'da glasied o siandi a phecyn o gnau, yn pwslo rhynt whilo am rywle arall neu starfo nes cyrhaedden i tua thre, pan sylwes i ar ddyn cenol oed yn ishte ynghenol y bois ifenc, er ei bod hi'n amlwg nad oedd e 'da nhw. Oedd mac lwyd amdano fe, a sylwes i fod clips beic am odre'i drywser. Er 'i fod e'n moeli a'i wallt e'n britho, weles i erioed shwt lyged bywiog. Atgoffodd e fi o wiwer, achos nawr ac yn y man, pan fydde fe'n meddwl bod neb yn dishgwl arno fe, bydde fe'n dodi'i law dan y ford ac yn hwpo rhywbeth mewn i'w geg.

Oedd cwlffyn mowr o *second-row forward* yn ishte ar bwys y bachan hyn. Breichie fel canghenne derwen 'da fe, a'i ben wedi'i siafo. "Dere â chrispen ifi!" mynte'r cawr. "'Sdim crisps 'da fi," mynte'r llall. "Gad dy gelwydd, y Cardi diawl!" mynte'r cawr, "ti'n cwato nhw dan y ford, rhag iti orffod siaro!"

Rhag iddi fynd yn ffradach, brynes i beint o lager a phaced o grisps i'r ionc, ac es i â'r dyn bach oedd e'n fwgwth mas i'r pasej. A 'na shwt gwrddes i â Waldo Williams.'

'Beth oedd 'da fe i 'weud 'thoch chi?' holodd Mrs Emeritus yn eiddgar, a'i llygaid yn pefrio y tu ôl i sbectol â llorpiau asgellog. Nid oedd wedi arfer cymdeithasu â dynion a fynychai dafarndai.

'Fel rwy'n cofio . . . ' ebe M dan ddal ei wydryn chwarter modfedd yn is na'i ffroenau am rai eiliadau, ' . . . fe dreulion ni'r rhan fwya o'n hamser 'da'n gilydd yn cymharu'n profiade fel ymgyrchwyr dros heddwch a brawdgarwch. Fel dou wedi cysegru'n bywyde i ledaenu Efengyl Tangnefedd drwy'r byd. Ond mynnodd Waldo egluro wrtho' i'n gynta beth oedd asgwrn y gynnen rhyngto fe a'r bwystfil yn y bar.

Roedd e wedi cyrraedd y dafarn o 'mlaen i a bois y rygbi, a gofyn, fel finne, am rywbeth i'w fwyta. Wedodd y tafarnwr bod 'da fe un rôl gaws ar ôl. Roedd e'n folon i Waldo'i chael hi, ond doedd neb arall yn y bar i wybod 'ny, neu bydde pawb yn moyn un. Roedd Waldo'n gweld 'i hunan fel cymeriad yn un o'r hen chwedle Celtaidd, yn cael 'i wahodd i wledda, ar yr amod nad oedd neb yn 'i weld e'n bwyta!'

'Un o Dair Gwledd Anweledig Ynys Prydain, yn ddiau!' chwarddodd yr Athro.

* * *

Diferwyd, yn ochelgar iawn, daliadau o fanciau Zurich i'r fenter ferlota. Datblygwyd coedydd a dolydd y fferm yn barc natur. Yng nghoed yr allt y tu ôl i'r ffermdy, codwyd ugain o fythynnod traddodiadol eu pensaernïaeth, yn meddu pob cyfleustra modern. Trawsnewidiwyd y sgubor a'r beudy'n fwyty. Cyflogwyd *chef* a aned yn y Périgord ac a enillodd ganmoliaeth frwd *gourmets* estron a phrifeirdd brodorol.

Prin dair blynedd ar ôl cyfarfyddiad cyntaf M a Rhian, cydnabyddid Gwyliau Gwyrddlas Gwastad Faes yn un o lwyddiannau mawr diwydiant ymwelwyr Dyfed.

'Ry'ch chi erbyn hyn yn cyflogi dros hanner cant o Gymry Cymraeg yn eu bro eu hunain, ac yn brawf digamsyniol, petai angen hynny bellach, ein bod fel cenedl yn meddu'r cymwysterau i lwyddo ym myd menter a busnes,' ebe'r ddarlledwraig a holai Rhian am ei bywyd a'i gwaith, a'i chariad at y Pethe, rhwng recordiau gan Edward H, Mynediad am Ddim, Bob Dylan, Sibelius a D.I. 'Shwt 'ych chi'n esbonio'ch llwyddiant?'

'Cydweithrediad a chyd-ddealltwriaeth rhwng y pedwar ohonon ni,' atebodd Rhian. 'Owain, y mab, sy'n gweinyddu'r busnes . . . '

'Ma' nhw'n gweud y bydd e'n filiwnydd cyn cyrraedd 'i ben-blwydd yn ddeg ar hugain!' chwarddodd yr holwraig, a oedd yn fenyw gefnog iawn.

'Efalle y bydd e, gyda chymorth ei wraig, Andrea.'

'Hi sy'n trin yr arian?'

'Ie . . . Ac mae 'ngŵr, M yn gyfrifol am y marchnata . . . '

'Person delfrydol, o styried 'i gysylltiade byd-eang e!'

'Rwy inne'n gneud yr hyn sy'n rhoi'r mwya o foddhad imi, sef carco'r ceffyle ac amaethu.'

'Rhian Hefin – mae hi wedi bod yn bleser cael eich cwmni chi!'

Roedd Rhian yn ddistaw iawn wrth ddychwelyd o Gaerdydd i Gwastad Faes a phan stopiodd M y car yn y buarth, aeth allan ar unwaith dan gwyno fod ganddi 'ben tost uffernol'.

Esgynnodd M i'r llofft ugain munud yn ddiweddarach a chanfod Rhian yn gorwedd ar y duvet lliw hufen, heb newid o'i dillad. Roedd ei llygaid yn goch a'i gruddiau'n wlyb. Eisteddodd M ar y gwely a cheisio dodi ei freichiau amdani. Gwrthododd Rhian ei gysur.

'Beth sy'n bod, Rhi?' gofynnodd M dan syllu'n ofidus ar wyneb a anffurfid gan ddigalondid.

'Ry'n ni'n twyllo'n hunain, on'd 'yn ni?'

'Boiti beth?'

'Yr Afallon ry'n ni wedi'i chreu man hyn. "Ynys o Gymreictod a gwarineb mewn cefen gwlad sy'n prysur ymseisnigo," ys gwedodd y fenyw.'

'Disgrifiad itha teg . . . '

Cododd Rhian ar ei heistedd. Cydiodd yn M gerfydd ei ysgwyddau a gweiddi i'w wyneb drwy ei dagrau, 'Beth yw'r pwynt?' llefodd. 'Bydd dim cymdeithase Cymraeg naturiol yn unman cyn bo hir. Dim ond "ynysoedd o Gymreictod a gwarineb" man hyn a man 'co. Miloedd o Saeson yn llifo i miwn bob blwyddyn, a iaith y Cymry sy' ar ôl wedi dirywio'n Wenglish. Ma'r aer ni'n anadlu'n llygredig, yr afonydd wedi'u gwenwyno, a'r môr yn llawn cachu ac ymbelydredd. Cer â fi o'ma!'

'I ble?'

'Rhywle medra' i anghofio popeth rwy' wedi brwydro drosto fe.'

'Dyw Cymru'n ddim ond meicrocosm o'r byd, Rhian. Ni'n troi'r blaned i gyd yn ddiffeithwch brwnt. Ma' ieithoedd, diwyllianne a chenhedloedd yn diflannu ym mhobman mor glou â fforestydd Brasil. A bydd pawb, gan gynnwys y Saeson, yn Americanwyr 'mhen ucen mlynedd.'

'Ma' gwledydd i ga'l lle nad yw'r bobol mor bitw â'r Cymry.'

''Sdim rhyfel 'ma, na neb yn llwgu.'

'Dim 'to . . . '

Cofleidiodd M hi, ac nis gwrthodwyd ef y tro hwn.

'Beth newn ni, M?' erfynnodd Rhian, a'i gên ar ysgwydd ei chymar. 'Shwt y'n ni'n mynd i dreulio gweddill 'yn hamser ar y ddaear?'

'Trin y tir, carco'r creaduriaid,' atebodd M yn dawel. 'A chydio'n 'yn gilydd.'

Rosa

Fy rhieni a'u ffrindiau oedd y bobol gyntaf erioed i drin y tir mynyddig uwchben Santa Cruz. Y llywodraeth oedd biau'r tir. Roedd yn rhaid i'r arloeswyr gael caniatâd y llywodraeth i ymsefydlu arno ac yna dalu ffi am yr hawl i'w glirio. Wrth weithio ar y *fincas,* y stadau mawr ger yr arfordir, y llwyddon nhw i arbed digon o arian i dalu'r ffi. Roedd clirio'r tir yn waith caled iawn ac wedyn roedd yn rhaid disgwyl am wyth neu naw mlynedd nes iddo ildio cnydau digon i'n cynnal ni. Felly fe fyddem ni a theuluoedd eraill yn treulio wyth mis o'r flwyddyn i lawr ar y *fincas* a dim ond pedwar mis gartref, yn yr ucheldir, yn hau ac yn plannu, ac wedyn yn cynaeafu. Mae'r ucheldir mor garegog nes ei bod hi'n anodd cael hyd yn oed corn a ffa i dyfu yno, ond mae pridd yr arfordir mor. dda fel bod popeth yn tyfu'n rhwydd.

Es i i lawr i'r arfordir gyntaf pan oeddwn yn ddwy oed, mewn siôl ar gefn Mam. Byddai tua deugain o bobol yn y lorri – a phlant bach, cŵn, cathod a ieir hefyd. Byddai'r plant bach a'r anifeiliaid yn maeddu, rhai pobol yn methu dal eu dŵr a rhai'n chwydu. Felly pan gyrhaeddem yr arfordir ar ôl deuddydd o daith, byddai'r lorri a phawb ynddi yn drewi. Byddem yn dod allan o'r lorri wedi'n hurtio, fel ieir wedi bod dan badell am ddyddiau, a'r gyrwyr yn ein rhegi a'n gwawdio.

Ein gwaith ar y *fincas* fyddai hel cotwm neu goffi, neu chwynnu rhwng y llwyni. Dechreuais gynorthwyo fy rhieni pan oeddwn yn bump oed, trwy godi aeron coffi oedd wedi cwympo. Yn ddeuddeg oed gweithiwn fel oedolyn a chael cymaint neu gyn lleied o gyflog â nhw. Weithiau fe'n telid yn ôl y dydd ac weithiau yn ôl pwysau'r coffi neu'r cotwm. Gweithio'n ôl y dydd sy' g'letaf. Bydd y goruchwyliwr yn sefyll wrth dy ben ac yn dy sarhau ac yn gweiddi, 'Gweithia! Gweithia'r ast fach ddu! Dwyt ti ddim yn cael dy dalu i ddiogi!'

Os wyt ti'n cael dy dalu yn ôl y dydd ac yn methu cyrraedd y nod, rhaid iti weithio drannoeth i neud iawn am hynny, ond o leia mae modd cymryd sbel fach weithiau. Os wyt ti'n torri brigyn y llwyn coffi neu'n difetha'r dail, mi fyddan yn tocio dy gyflog di.

Collais ddau frawd wrth inni weithio yn y *fincas*. Bu farw un o ddiffyg maeth, ar ôl i'w fol chwyddo fel swigen. Gwenwynwyd y llall gan y cemegion a chwistrellir dros y planhigion cotwm. Aflwyddiannau llai oedd: 'Nhad yn teimlo mor ddigalon, unwaith, ar ôl i'r goruchwyliwr docio'n cyflogau ar gam, nes yfed cyflog mis mewn un noson yn y *cantina* – a oedd yn eiddo i'r *finca,* wrth gwrs; bwyd wedi pydru yn ein gwenwyno am wythnos; fy rhieni'n cweryla gyda goruchwyliwr, milwyr arfog yn ein hel o'r *finca,* a'r goruchwyliwr yn pocedu ein cyflogau am fis cyfan.

Pam mae fy mhobol yn ymddangos mor llywaeth? Am fod y fyddin a'r tirfeddianwyr wedi lladd miloedd ar filoedd ohonom ar ôl gwrthryfeloedd yn y gorffennol. Ac am ein bod mor anunedig. Er bod gweithluoedd y *fincas* i gyd yn Indiaid, oherwydd ein bod wedi'n rhannu'n nifer o genhedloedd sy' ddim yn siarad ieithoedd ein gilydd, roedd hi'n amhosib, 'radeg hynny, cael pawb yn unol i wrthwynebu gorthrwm y goruchwylwyr a'r tirfeddianwyr. Erbyn hyn mae hi rywfaint gwell. Anfantais fwya'r amlieithedd yma i mi, pan oeddwn yn fach, oedd na fedrwn i chwarae efo'r plant eraill am na fedrem ddeall ein gilydd.

Ar ôl deng mlynedd o amaethu gofalus, roedd ein lleiniau yn yr ucheldir yn dwyn cnydau digonol i'n cynnal heb inni orfod mynd i lawr i'r *fincas,* ac am ddwy flynedd roeddem yn hapus iawn ac yn teimlo'n ffodus dros ben i gael byw mewn gwlad mor hardd, ynghanol ein cyfeillion.

Prin ddwy flynedd y parodd y cyfnod hapus hwn. Hawliwyd ein lleiniau ni a'n cymdogion gan y teulu Gonzales, tirfeddianwyr cefnoca'r ardal. Roedd gan eu swyddogion a'u stiwardiaid bapurau ac ôl bysedd dynion y pentre arnynt, yn trosglwyddo'r tir i'r teulu Gonzales ar ôl deng mlynedd, medden nhw. Dyna, medden nhw, y cytundeb a wnaed rhyngom ni a'r llywodraeth. Mae'n ddigon posib fod hynny'n wir. Mae'r *Ladinos* wastad yn defnyddio'n hanwybodaeth ni o'r Sbaeneg – fel iaith lafar, heb sôn am ei darllen a'i hysgrifennu – i'n twyllo a'n hysbeilio.

Beth bynnag am y cytundeb, ni oedd wedi arloesi'r tir ac felly gwrthodasom symud. Dychwelodd y Gonzales gyda milwyr arfog a gweision gyda ffyn, pastynau a *machetes*. Llosgwyd ein tai, lladdwyd ein hanifeiliaid, diwreiddiwyd ein cnydau, difethwyd ein heiddo a lladratawyd unrhywbeth o werth. Collodd Mam gadwen a modrwy arian a roddasai ei mam hi iddi, ei hunig 'drysor'.

Gyda chymorth pentref cyfagos a roddodd fwyd a diod, offer coginio ac ati inni, dychwelasom i'n cartrefi pan giliodd ein gelynion. Daeth y rheini'n ôl 'mhen ychydig wythnosau. Y tro yma, roedd ffyn a phastynau a chyllyll yn ein dwylo ni a dywedodd 'Nhad wrthyn nhw y byddai'n rhaid iddynt ein lladd i gyd gyda'n gilydd cyn ein symud o'n tir.

Cynigiodd y Gonzales gymod. Caem gadw ein cartrefi a dal i drin ein lleiniau ar yr amod ein bod yn cydnabod mai'r Gonzales oedd biau'r rheini a'n bod ninnau'n weithwyr cyflog ar eu *finca*. Gwrthod eto. Ymosodiad arall.

Roeddem yn barod amdanynt, y tro hwn. Roeddem wedi dysgu'n cŵn mawr, ffyrnig i ymosod ar ddiethriaid *Ladino* a'u brathu. Wedi gosod trapiau – pydewau a maglau – ymhlith y tai, ac wedi ymarfer taro'n ôl yn erbyn y milwyr gyda cherrig, calch poeth a dŵr berwedig.

Byddai'r tirfeddianwyr a'u gweision *Ladino* yn cyfeirio'n wawdlyd at 'Nhad a Mam fel 'brenin a brenhines y pentre'. Lol wirion oedd hynny. Eu cyd-bentrefwyr etholodd nhw i arwain y gymuned am eu bod yn ddewr, yn drefnwyr da ac 'â newyn a syched am gyfiawnder'.

Pan fyddai 'Nhad ar herw, oherwydd fod y Gonzales a'r milwyr am ei waed, neu yng ngharchar, neu'n helpu pentrefi eraill i wrthsefyll, byddai baich yr arweinyddiaeth ar ysgwyddau Mam. A hithau'n gorfod gweithio yr un mor galed â phob dynes arall i gadw ei theulu. Roedd hi'n ddynes arbennig iawn. Wyneb crwn a chorff byr, cydnerth, fel sydd gen i. Rydw i'n ceisio efelychu ei chymeriad hefyd.

Cafodd fy mam saith o blant. Pe byddem yn digwydd gweithio ger yr arfordir, byddai fy mam yn dychwelyd i'r pentre rhyw dair wythnos cyn pryd ac yn geni'r baban yno ar ei phen ei hun.

Penderfynodd fy rhieni fod yn rhaid i un ohonom ni ddysgu siarad, darllen a sgrifennu Sbaeneg yn rhugl. Dyna pam yr aeth

'Nhad â fi i'r brifddinas a chwilio am waith imi yno. Ar ôl inni'n dau fyw'n llwm iawn ar y strydoedd am dros bythefnos, a holi am le imi yn nhai'r crachach *Ladino,* buom yn llwyddiannus. Cefais le fel morwyn fach yng nghartref teulu cefnog iawn oedd yn berchnogion un o fodurdai mwyaf y brifddinas, ac â chysylltiadau agos iawn â theulu'r arlywydd ar y pryd.

Tociodd y feistres arian o 'nghyflog cyn imi ddechrau gweithio iddi, i dalu am flows a sgert imi, a gorchmynnodd forwyn arall, ychydig hŷn na fi, i fy ymolchi. 'Ddylech chi'n talu ni am eich codi o'ch budreddi a thrio'ch gwareiddio chi,' meddai'r feistres.

Wrth gymharu'r feistres â Mam, byddwn yn amau a oeddynt yn perthyn i'r un rhywogaeth. Y feistres yn dew, yn newid ei dillad deirgwaith y dydd; yn bowdwr ac yn baent ac yn bersawr; yn gadwynau, modrwyau ac yn ddannedd aur. Wedi byw mewn hawddfyd erioed, heb wneud awr o waith a phob amser yn flin ac yn gas, serch hynny. Mam yn stwcan fechan, galed, yn byw yn yr un dillad nes eu bod yn dyllau, anaml yn dodi dŵr ar unrhyw ran o'i chorff ond ar ei hwyneb a'i dwylo. Yn amyneddgar, drwy'r cwbwl, yn dysgu ei phlant i barchu eu hunain, er gwaethaf pob sarhad, ac i gadw cyfrinachau eu cenedl, er gwaethaf pob erledigaeth neu demtasiwn i'w bradychu.

Dylanwad pwysig arall arna' i a 'nghyfoedion, pan oeddwn i'n fach, oedd offeiriaid y Mudiad Catholig. Fe ddysgon nhw ni i weddïo ac i ganu emynau a sut i drefnu'n hunain yn grwpiau i ledaenu'r Gair. Heblaw am hynny, mi fyddai wedi bod yn anos inni ffurfio undebau a mudiadau i herio'r fyddin a'r tirfeddianwyr.

Ond cymwynas fwyaf yr offeiriaid oedd ein hannog i astudio'r Beibl. Y Beibl oedd ein harf grymusaf yn y brwydrau yn erbyn ein gorthrymwyr. Mae llawer o'r straeon sy'n y Beibl yn berthnasol iawn i'n bywydau ni ac mae'n hawdd inni uniaethu gyda'r bobol y ceir eu hanes yn yr Ysgrythurau.

Fy mrawd hynaf, Pablo, er enghraifft, oedd taflwr cerrig gorau'r pentref. Yn ystod un o ymosodiadau'r Gonzales, llwyddodd i daro stiward *Ladino* haerllug iawn yn ei lygad, a thywyllu'r llygad hwnnw am byth. Tebyg iawn i hanes y bachgen Dafydd yn 'taro'r Philistiad yn ei dalcen nes bod y garreg yn suddo i'w dalcen'.

Fwy nag unwaith, dywedodd Indiaid eraill – hyd yn oed rhai cyfiaith – wrth 'Nhad, eiriau a glywodd Moses: 'Pwy a'th benododd di yn bennaeth ac yn farnwr arnom?' Fwy nag unwaith bu'n rhaid iddo yntau ffoi oddi wrth 'Pharo'.

Fy hoff adnodau i o'r holl Ysgrythur Lân oedd y rheini'n sôn am arwriaeth Judith:

> A hi a ddaeth at erchwyn y gwely yr hwn oedd wrth ben Oloffrenes ac a dynnodd i lawr ei gleddyf ef oddi yno. A hi a ddaeth yn nes at y gwely ac a ymaflodd yng ngwallt ei ben ef ac a ddywedodd, 'Nertha fi, O Arglwydd Dduw, y dydd hwn'. A hi a drawodd ar ei wddf â'i holl nerth, ac a dynnodd ymaith ei ben oddi wrtho.

Dychmygwn fy hun yn sleifio i mewn i blasty Hernando Gonzales, liw nos, yn torri ei ben oddi ar ei ysgwyddau gyda *machete,* yn dychwelyd i'r pentref ac yn bloeddio: 'O frodyr, cymerwch y pen hwn a chrogwch ef ar y fan uchaf o'n mur ni!' A 'Nhad a'r dynion a'r bechgyn eraill i gyd yn codi fel un gŵr, yn cydio yn eu harfau, yn ymosod ar blasty'r Gonzales, yn eu difa hwy a'u swyddwyr i gyd, a ninnau'n berchnogion y tir unwaith eto ac yn cael byw ein bywydau fel y gwnâi ein hynafiaid, cyn dyfodiad y Sbaenwyr i'n hiselhau a'n caethiwo.

Doeddwn i erioed wedi gweld Hernando Gonzales. Darlun o rhyw dirfeddiannwr arall oedd gen i yn fy meddwl. Un boldew â wyneb chwyslyd, coch a mwng fel llew, a ddaeth i annerch ei weithwyr a dweud wrthynt sut i bleidleisio, yn ystod rhyw etholiad arlywyddol, pan oeddem yn gweithio ar ei *finca*.

Treuliais ychydig dros flwyddyn yn gweithio'n y brifddinas fel 'morwyn fach'. Roedd 'morwyn fawr', Maria, yno eisoes. Roedd hi'n bump ar hugain ac yn weddw ar ôl i'w gŵr gael ei ladd mewn cwymp yn y gloddfa lle'r oedd yn gweithio ar y pryd. Gyrrai Maria y rhan fwyaf o'i chyflog yn ôl i'w phentre, lle y gofalai ei mam am ei dau blentyn. Wylai Maria bob nos wrth feddwl am ei phlant ei hun mor bell i ffwrdd a hithau'n gorfod gofalu am feibion haerllug, anniolchgar menyw arall.

Roedd gan y feistres dri mab, un ar bymtheg, tair ar ddeg a

deg oed. Byddai'r tad a'r fam yn wastad yn gweld bai ar Maria a fi ac yn ein ffraeo a'n sarhau. Ffordd y meibion o ddangos anfodlonrwydd oedd lluchio pethau atom – bwyd, platiau, cyllyll, ffyrc, esgidiau – beth bynnag nad oedd yn digwydd plesio.

Yna, ar ôl rhyw hanner blwyddyn, newidiodd pethau er gwell am ychydig. Daeth y teulu'n gleniach o lawer ataf. Dysgodd y feistres fi sut i ymolchi'n lân, drosof, a thorri f'ewinedd yn dwt. Prynodd ambell ddilledyn bychan imi. Roeddwn yn hapus am y tro cyntaf er imi adael y pentre ac yn meddwl 'mod i wedi camfarnu'r bobol hyn, ac efallai nad oedd eu beirniadaeth o'r blaen yn hollol anhaeddiannol gan 'mod i'n anwybodus iawn ac yn fudr pan gyrhaeddais.

Cynyddodd caredigrwydd y feistres i'r fath raddau nes iddi gynnig codiad cyflog imi. Un sylweddol i eneth dlawd fel fi. Golygai hynny y byddwn yn ymgymryd ag un ddyletswydd ychwanegol, sef dysgu'r bechgyn sut i gyflawni'r weithred rywiol. Roedd hi'n bwysig eu bod yn dysgu mor gynnar â phosib, yn ôl y feistres, oherwydd gallai problemau godi oni dderbynient yr hyfforddiant priodol yn ystod eu harddegau cynnar.

Ni wylltiodd y feistres pan wrthodais. Dim ond dweud wrthyf am ystyried ei chynnig hael. Addawodd na fyddai hi a'i theulu'n brin o ddangos eu gwerthfawrogiad.

Mae'n rhaid bod y feistres neu ei gŵr wedi dweud wrth y meibion am yr 'addysg bellach' a ddarparwyd ar eu cyfer. Dechreuodd y rheini hel eu dwylo drosof pan awn heibio iddynt; taro yn f'erbyn 'ar ddamwain', ceisio 'nghusanu. Pan aeth yr hynaf mor bell â chydio yn fy mreichiau er mwyn i'w frawd fedru fy nghusanu a theimlo fy mronnau a rhwng fy nghoesau, gwyddwn mai rihyrsal oedd hynny.

Y dewis yn fy wynebu oedd chwilio am waith arall yn y brifddinas – ac ni fyddai hynny'n hawdd am fod miloedd o enethod fel fi yno, yn barod i gymryd eu cyflogi'n rhad – neu ddychwelyd i'r pentre, a doedd gen i ddim syniad o'r ffordd yn ôl, na phwy y gallwn ei holi.

Ni fu raid imi ddewis. Gwaetha'r modd. Daeth dyn o'r pentref i'r tŷ lle y gweithiwn gyda'r newydd fod 'Nhad a Pablo wedi eu diflannu gan filwyr, ar ôl protest fawr yn Santa Cruz, pan feddiannwyd swyddfeydd Bwrdd y Tir gan Indiaid o bob cwr o'r dalaith, dan arweiniad eu hundebau.

Aethom i Santa Cruz ac ymuno â'r arweinwyr undebol ac aelodau o deuluoedd eraill yr oedd eu hanwyliaid wedi eu cipio. Holi hwn a holi'r llall, yn blismyn, yn filwyr, yn gyfreithwyr, yn farnwyr, yn glercod ac yn swyddogion y llywodraeth. Weithiau fe'n derbynnid â gwenau teg, rhagrithiol, ond fel arfer â sen a bygythion.

Ymddangosai'n fwyfwy annhebygol i'r mamau, tadau, gwŷr, gwragedd, brodyr a chwiorydd eraill, ac i minnau, y gwelem ein hanwyliaid byth eto. Fe'n llanwyd â dicter cynddeiriog yn erbyn yr awdurdodau. Erbyn hyn roedd miloedd ar filoedd ohonom yn gwrthdystio ac yn protestio hyd strydodd Santa Cruz.

Clywsom fod yr awdurdodau wedi rhoi *agents provocateurs* yn ein plith i ennyn terfysg ac i roi esgus i'r milwyr saethu at y dorf a charcharu'r arweinwyr. Felly argyhoeddodd yr arweinwyr y gwrthdystwyr i ddychwelyd i'w pentrefi a pharhau'r frwydr oddi yno, gan gadw cysylltiad â'i gilydd trwy'r undeb.

Gan 'mod i'n gallu siarad Sbaeneg ac wedi pwyso'n daer ar yr awdurdodau am wybodaeth am 'Nhad a Pablo, roeddwn yn adnabyddus i'r awdurdodau, a barnwyd y byddai'n annoeth i mi ddychwelyd adre. Gofynnwyd imi fod yn un o genhadon yr undeb a theithio'r dalaith yn lledaenu ei bropaganda ac yn grymuso ei drefniadaeth ymhlith y bobol.

Er mor siomedig oeddwn i orfod gadael Santa Cruz heb wybod dim i sicrwydd am dynged 'Nhad a Pablo, dim ond ofni'r gwaethaf, a heb fedru mynd adre i gysuro Mam a'r lleill, gwyddwn mai'r undeb oedd yn iawn. Fyddai merthyrdod un Indiad arall o les i neb.

Buaswn yn dweud mai'r deunaw mis y gweithiwn dros yr undeb oedd rhai hapusaf fy mywyd, tan hynny, oni bai am yr hiraeth llethol am fy rhieni a 'nheulu, a'r cywilydd cynddeiriog a deimlwn wrth weld cyflwr truenus fy mhobol, a ninnau wedi bod yn genhedloedd o fri cyn dyfodiad y Sbaenwyr. Sianelais y teimladau hyn i'r gwaith.

Yn rhyfedd iawn, trwy weithio dros yr undeb ac yn erbyn y llywodraeth y deuthum dros fy nghasineb ffyrnig at bob *Ladino,* trwy gydweithio â rhai oedd wedi dioddef cymaint o gyni â ni, ac eraill, o deuluoedd cefnog, oedd wedi dewis 'ochri gyda'r tlodion'.

Teithiais ledled y wlad gan ddysgu llawer am ei gwahanol bobloedd a'u cynefinoedd. Ond roedd ein diffyg undod yn peri rhwystredigaeth fawr i mi a 'nghydweithwyr. Doedd medru siarad Sbaeneg ddim yn fy helpu i gyfathrebu â chydwladwyr nad oedd yn ei deall hi. Es ati i ddysgu dwy iaith frodorol hollol wahanol i'w gilydd ac i'm mamiaith i. Er nad oeddwn yn torri unrhyw gyfraith, roeddwn ar herw, a'r fyddin a'i sbïwyr ar fy nhrywydd yn ddiflino.

Cyfnod o ryfel cartre oedd hwn, a byddinoedd y chwith yn herio byddin y wladwriaeth ac yn ei threchu, ar adegau. Yn sgîl hynny, llywodraethid rhannau helaeth o'r wlad gan y chwith.

Yna, gwylltiodd y fyddin a'u noddwyr Americanaidd. Arferai'r gwrthryfelwyr ddweud na allai'r fyddin fyth ein trechu am ein bod fel pysgod mewn llyn. Y werin-bobol oedd y llyn, wrth gwrs. Ateb y fyddin i'r gosodiad hwnnw oedd sychu dŵr y llyn, sef difa cymunedau a gyhuddid o lochesu neu helpu'r rhyfelwyr trwy ladd y pentrefwyr neu eu symud i wersyll-garcharau. Mewn pum mlynedd collodd dros drigain mil o 'mhobol eu bywydau. Nid achosodd hynny lawer o bryder i weddill y byd.

Roeddwn dros bum can cilomedr oddi cartre pan ymosododd y milwyr ar y pentre a'i chwalu, gan saethu neu drywanu dros ddeg ar hugain o wŷr, gwragedd a phlant. Ond yr esgus oedd fy mod i, 'llefarydd peryglus ar ran y *terroristas*', yn llechu yno ar y pryd.

Gadawyd y cyrff ar lethr uwchlaw'r pentre i bydru ac i anifeiliaid gwylltion eu handwyo. Pan aeth rhai o'r pentrefwyr ati i gladdu'r cyrff, fe'u saethwyd hwythau am gefnogi terfysgaeth. Yna claddwyd y cyrff i gyd, yn bendramwnagl, mewn bedd mawr.

Nid felly y bu farw Mam. Fe'i llosgwyd hi'n fyw gyda 'mrawd ieuenga, tair oed, pan ddychwelodd i'r tŷ i geisio'i achub, a'r lle'n wenfflam.

Llwyddodd y brawd a'r chwaer sy'n weddill imi i ddianc, meddai rhai, ond wn i ddim ai gwir hynny. Ni chlywais ddim o'u hanes ar ôl y galanastra.

Os oedd yr awdurdodau wedi penderfynu 'mod i'n *terrorista,* waeth imi fod yn un. Roeddwn wedi f'argyhoeddi y byddwn farw'n ifanc ac nid oeddwn am wneud hynny heb daro'n ôl.

Methiant gwaedlyd fu cais y byddinoedd chwyldroadol, pleidiau'r chwith a'r undebau i ddymchwel y llywodraeth, a newidiodd y gwrthryfelwyr eu strategaeth a'u tactegau. Yn hytrach na goresgyn ardaloedd eang a'u llywodraethu yn ôl egwyddorion sosialaidd, bodlonwyd ar daro hwnt ac yma, yn annisgwyl, gan beri niwed economaidd a milwrol – dinistrio adeiladau, ymosod ar gonfois, lladd milwyr – cyn dychwelyd i'n cuddfannau yn y mynyddoedd a'r fforestydd. O bryd i'w gilydd, byddem yn meddiannu pentre am ychydig ddyddiau ac yn addysgu'r werin-bobol ynglŷn â hanes ein gwlad, y rhesymau economaidd a gwleidyddol dros gyflwr y tlodion, y brwydrau eraill, ledled y byd yn erbyn anghyfiawnder, ac ymyrraeth yr Americanwyr a'u cefnogaeth ariannol a milwrol i'r tirfeddianwyr a'r fyddin ers canrif a hanner.

Bore o wanwyn oedd hi, yr haul yn tywynnu'n garedig, llwyni gwyrddlas, gloywon o bobtu'r ffordd, a'r mynyddoedd a'u copaon claerwyn a'r awyr las yn gefnlen berffaith. Roeddem wedi mentro o fewn tri chan cilomedr i'r brifddinas, a minnau wedi 'ngwisgo fel geneth ddi-glem o'r wlad, unwaith eto. Nesawn at bentre y bwriadem ei feddiannu, i weld a oedd argoel o'r fyddin.

Trois gornel siarp a gweld rhyw ddwsin o filwyr yn gorweddian ar fin y ffordd. Rhai'n smygu. Eraill yn sgwrsio neu'n cellwair. Yn lle troi ar fy sawdl a ffoi, oedais. Gwelsant fi. Trois a rhedeg. Clywais arthiad y swyddog a banllefau'r dynion wrth i ddau lanc wibio ar fy ôl fel cŵn hela'n ymlid eu prae.

Daliwyd fi, llusgwyd fi at y lleill dan sgrechian a strancio. Tewais pan orfodwyd fi i wynebu'r swyddog. Nid o barch nac ofn yn gymaint ag o syndod. Adwaenwn y milwr a safai'n union y tu ôl i'r swyddog. Fy mrawd, Pablo ydoedd. Deallais ar unwaith beth fu ei hynt. Fe'i gorfodwyd i ymuno â'r fyddin pan ddaliwyd ef a 'Nhad.

Syllai Pablo'n gegrwth arnaf dros ysgwydd chwith y swyddog. *Ladino* bach tenau â wyneb gwelw oedd hwnnw. Roedd ganddo fwstás bychan cul, fel llyngyren wedi ei thorri'n ddwy rhwng ei wefusau llwydaidd a'i drwyn main.

Ceisiais ewyllysio Pablo i beidio â dangos ei fod yn f'adnabod, ond dyna a wnaeth.

'Mae hon yn dod o'r un pentre â fi, syr,' meddai, yn Sbaeneg, wrth y swyddog. 'Tydi hi ddim llawn llathen a dim ond yn siarad y dafodiaith. Mi hola' i hi, os leiciwch chi.'

Cydsyniodd y swyddog a derbyn awgrym Pablo ei fod ef a mi'n ymbellhau ychydig fetrau oddi wrth y milwyr eraill, gan y buasai creadures mor swil yn debycach o roi gwybodaeth fuddiol felly.

'Beth wyt ti'n neud yma?' gofynnodd Pablo.

'Well iti beidio gwybod. Dywed wrtho fo mod i a 'nheulu ar ein ffordd i'r brifddinas i chwilio am waith a 'mod i wedi eu colli nhw. Does gen ti ddim cywilydd o'r lifrai?'

'Wrth gwrs. Ond hyn neu fy saethu oedd y dewis.'

'Beth am 'Nhad?'

'Mi ddeudon eu bod nhw am ryddhau'r hen ddynion.'

'Ryddhaon nhw mohono fo.'

Llanwodd ein llygaid. Disgyblaeth enbyd o greulon oedd peidio â chofleidio'n gilydd.

'Beth mae hi'n ddweud?' gwaeddodd y swyddog ac aethom yn ôl ato ef a'i giwed.

Llyncodd y swyddog y stori a chaniatáu imi fynd ar fy hynt, ond prin ddeng metr a gerddais cyn i'r milwyr ruthro ar f'ôl yn un haid a fy hyrddio ar wastad fy nghefn ar ymyl y ffordd. Cydiodd rhai yn fy ngarddyrnau, eraill yn fy nhraed tra disgwyliai'r gweddill eu tro i'm treisio.

'Pablo! Pablo!' Fedrwn i ddim ymatal rhag gweiddi ar fy mrawd i'm hachub.

Mynnodd y swyddog osteg. Tynnodd Pablo gerfydd ei grys tuag ataf a gorchymyn, 'Ti mae hi'n moyn, was. Cer di gynta!'

Fflachiodd cyllell Pablo yn yr haul am eiliad wrth iddo'i thynnu o'r wain a thrywanu'r swyddog.

Gwaedd. Gwaed. Anhrefn llwyr. Petawn heb fy mharlysu gan ofn efallai y gallaswn fod wedi dianc. Clwyfodd Pablo ragor o'i gymrodyr cyn i'r lleill ei drechu a'i guro ac i'r rhingyll ei saethu.

'Deliwch â hi'n glou, claddwch y ddau a dewch ar ein holau i'r pentre ar unwaith,' ebe'r swyddog wrth y tri a gydiai ynof, cyn i'w wŷr ei gludo ymaith ar fath o elor.

Gobeithiais y byddai fy ngheidwaid yn gwbl ufudd ond roedd hynny'n ormod i'w ddisgwyl. I'r meddwl milwrol, gwastraffus yw llofruddio merch heb ei threisio yn gyntaf.

Cnychodd dau ohonynt fi'n ddidrugaredd, y naill ar ôl y llall tra gwthiai yr un a gydiai yn fy mreichiau ei gala i 'ngheg. Dyna sut yr oeddem pan gyrhaeddodd fy nghymrodyr.

Dinoethwyd y tri. Tynnwyd lifrai Pablo oddi amdano hefyd – maent mor ddefnyddiol. Curwyd a chiciwyd f'arteithwyr nes eu bod yn ymbil am angau cyn eu dienyddio. Nid dialedd oedd yr unig gymhelliad; arswydo a llwfrhau'r gelyn yn ogystal.

Bûm mewn llewyg am dair wythnos. Nid oeddwn yn hollol anymwybodol chwaith. Stad o fod rhwng hunllef a gwallgofrwydd.

Pan ddeffrais, gorweddwn ar wely bychan mewn cell fechan, gul. Tybiais 'mod i yng ngharchar ac y deuai catrawd o filwyr yn y man i 'nhreisio i eto. Sgrechais sgrech fud a llewygu. Rhagor o hunllefau. Gwelais Mam ar dân a 'Nhad yn cael ei hyrddio o hofrennydd a'i gorff yn troi'n slwj coch wrth ledu dros y palmant o flaen Cadeirlan y Fendigaid Forwyn yn y brifddinas.

Y tro nesaf y dadebrais eisteddai lleian ifanc, *gringa,* wrth erchwyn y gwely. Dywedodd wrthyf fy mod yn ddiogel ac y cawn aros gyda hi a'i chwiorydd nes y deuwn ataf fy hun. Fedrwn i ddim ateb. Fedrwn i ddim agor fy ngheg i siarad heb hunllefu.

Gan 'mod i'n eneth iach a chref, gwellhaodd fy noluriau corfforol mewn byr o dro, ond chwaraeai fy meddwl rhwng pwyll ac amhwyll. Pryderai'r chwiorydd yn fy nghylch. Ar ben hynny, ofnent y deuai'r fyddin i chwilio amdanaf i neu *terroristas* eraill, neu y buasai claf neu rhyw ymwelydd arall â'r feddygfa yn fy mradychu. Roedd llun ohonof ar bosteri ym mhobman. Cynigid gwobr hael am wybodaeth ynglŷn â'r *terrorista* beryglus a oedd wedi hudo pedwar o filwyr diniwed i'w tranc!

Teimlwn mai ffolineb anfaddeuol oedd peryglu bywydau'r chwiorydd a chleifion eraill er mwyn arbed fy mywyd diwerth i. Disgwyliwn fy nghyfle i gael fy nwylo ar wenwyn o'r cwpwrdd cyffuriau.

Cyn iddi ddod i hynny, ymwelodd dirprwyaeth o noddwyr o Ewrop a Gogledd America â'r feddygfa. Dodwyd fi mewn cist â thyllau yn ei hochor ar do'r bws y teithiai'r bobol hyn ynddo, ac fe'm smyglwyd dros y ffin. Treuliais rai misoedd wedyn mewn cartre plant amddifad yn ninas Mecsico cyn hedfan i Lundain, lle y disgwyliai Geraint ac Ann amdanaf, i'm hebrwng i Benybont, yn ffoadur/*au pair*.

I rai y gwn amdanynt bu alltudiaeth yn uffern. I'r mwyafrif, purdan yw – gwlad ddiflas, ddieithr, rhwng dau fyd. Bu'n nefoedd i mi. Am y misoedd cyntaf, o leiaf, nes i 'nghyflwr wella digon imi sylweddoli fod y baradwys ddaearol a elwir 'Cymru' yn rhan o'r byd anghyfiawn hwn.

Roeddwn wedi ailddechrau dymuno byw yn y cartre plant. Os oedd cynifer o bobol dda wedi mynd i gymaint o drafferth, gan fentro eu bywydau eu hunain ar rai achlysuron, i arbed fy mywyd i, rhaid nad oeddwn mor ddiwerth ag y tybiwn.

Cryfheais ymhellach ar aelwyd Geraint ac Ann. Bu 'nyletswyddau yn y tŷ a 'ngofal am Rhodri, pedair oed, a Dafydd, blwydd a hanner, yn foddion i dynnu fy sylw, am byliau, oddi wrth fy nhrueni fy hun a'r atgofion melltigedig a'm herlidiai.

Ar ôl ystyried a ddylent siarad Saesneg â mi, penderfynodd Geraint ac Ann, yn gywir, mai Cymraeg fyddai'r unig iaith deuluol. Bu byw trwy gyfrwng iaith nad oedd ganddi gysylltiad o gwbwl â 'ngorffennol yn therapi effeithiol imi.

Yn y parc, rhyw fore rhynllyd, hydrefol y dechreuais siarad eto. Gwthiwn *buggy* Dafydd dros y glaswellt tua'r siglenni, a dail crin yn crensian dan yr olwynion. Rhedodd ci mawr, du, ffyrnig yr olwg tuag atom, ei dafod hirgoch yn hongian rhwng ei ddannedd mawr, gwynion. Atgoffodd fi o'n cŵn ni gartre, ac o'u ffyddlondeb a'u gwroldeb yn ymladd gyda ni yn erbyn ein gelynion. Daeth ton enfawr o gariad at y ci drosof tra chwarddai Dafydd: 'Ci-ci-ci!'

'Ci-ci-ci!' meddwn innau trwy 'nagrau.

Rhyw fis neu ddau yn ddiweddarach fe gefais y profiad a orfododd fi i gydnabod nad oedd Cymru heb ei phroblemau. Disgwyliwn i a Dafydd am fws mewn lloches-aros ynghanol y dref. Sylwais fod y ddau arall a gysgodai rhag y glaw yn syllu arnom. Merch ychydig hŷn na fi, mewn siaced denim a jîns, a bachgen tua deuddeg oedd, mewn crys pêl-droed a throwsus loncian. Gwenent ar ei gilydd wrth wrando arnaf yn ymarfer fy Nghymraeg carbwl gyda Dafydd.

'Helô,' meddwn i wrth y crwtyn.

'Don't talk to me you Welshie Paki bitch!' ebe hwnnw.

Apeliais at y ferch: *'Your son not nice to me.'*

'I'm not his mam but you can fuck off anyway!' crechwenodd hithau.

Ond yn gyffredinol, blodeuodd fy mywyd ar ôl imi ddod yn llafar unwaith eto. Medrwn gyfathrebu â Geraint ac Ann a'u cyfeillion, ac aelodau'r capel. Ymunwn yn y gwasanaethau, yn enwedig y canu. Dysgais siarad Saesneg ac ysgrifennu Sbaeneg dan gyfarwyddyd Meirwen, athrawes ysgol uwchradd a fynychai ein capel. Roedd hi, fel Geraint ac Ann ac aelodau eraill o'r gynulleidfa, yn perthyn i'r mudiad Cristnogol oedd wedi fy 'smyglo' i Fecsico. Ac wedi gweithio'n ddygn wedyn i gael caniatâd imi breswylio yng Nghymru. Yno, mae'r mudiad yn lledaenu gwybodaeth am gyflwr tlodion a gorthrymedigion gwledydd fel hon, ac yn casglu arian i hyrwyddo cynlluniau i'n gwneud yn hunangynhaliol.

O'r dechrau, awn gyda Geraint i gyfarfodydd o gefnogwyr y mudiad, aelodau o eglwysi eraill, undebau llafur, pleidiau gwleidyddol, myfyrwyr, neu blant ysgol. Pan ddaeth fy Nghymraeg yn weddol rhugl, dywedwn ambell 'air o brofiad' – ysgytwol i lawer, rhaid dweud. (Sylfaenwyd hyn o druth, i raddau ar fy nghyfraniadau i'r cyfarfodydd hynny.)

Ni fuaswn wedi adnabod Geraint yn y dorf yng nghyntedd y maes awyr yn Llundain oni bai ei fod yn dal cerdyn mawr ar ei fynwes a *ROSA* arno. Tan hynny, nid oedd ond un o'r *gringos* a geisiai ychwanegu at eu sancteiddrwydd eu hunain trwy leddfu fy uffern i.

Gwelais ŵr a gwraig ychydig talach na'r rhan fwyaf ohonom

ni ond byrrach na llawer o bobol wynion. Ill dau'n gwenu.

Gwenai Ann drwy'r amser, ac eithrio pan chwarddai. Mae hi'n un o'r Cristnogion hynny sy'n meddwl mai pechod yn erbyn y Tad, y Mab a'r Ysbryd Glân yw peidio â bod yn hapus bob awr o'r dydd, a dangos hynny i bawb. Anaml y gwenai Geraint â'i holl galon. Gellid canfod plwc o bryder yng nghiliau ei lygaid a'i geg hyd yn oed pan fyddai hapusaf.

Buasai Ann wedi medru bod yn fenyw hardd iawn. Yn lle hynny, bu ond y dim iddi wneud ei hun yn blaen. Roedd bob amser yn ei chwman, fel petai arni gywilydd o'i bronnau ac yn hepgor colur a phob tlws ac addurn ac eithrio dwy fodrwy. Edrychai fel geneth ysgol fochgoch, iach, ddeugain oed, er ei bod ddeng mlynedd yn iau.

Roedd Geraint yn ddeugain, ond edrychai ddeng mlynedd yn iau. Gwisgai yntau'n hollol ddirodres, y nesaf peth at fod yn flêr, ac eithrio pan roddai siwt a chrys a thei amdano cyn ymddangos gerbron pwyllgor o bwysigion i eiriol ar ein rhan.

Deuthum yn gyfeillgar â nifer o ddynion a menywod gwynion trwy fy ngwaith fel trefnydd undebol a'm haelodaeth o'r fyddin chwyldroadol. Y gwahaniaeth rhwng Geraint a'r bobol hynny oedd ei awydd i ddysgu gen i yn ogystal ag i'm haddysgu.

Siaradem am oriau am y tebygrwydd a'r gwahaniaethau rhwng ei genedl ef a 'nghenedl i. 'Anffawd fawr Cymru,' meddai unwaith, 'yw i'r Saeson fod mor gymodlon tuag atom. Rhoi Beibl Cymraeg inni. Rhoi'r hawl i addoli ac i addysgu'n plant yn ein hiaith ein hunain. Caniatáu arwyddion ffyrdd, statws i'r iaith a sianel deledu heb lawer o wrthwynebiad. *Killing with kindness,* ys gwedon nhw. Byddai digon o erledigaeth i ennyn gwrthryfel seriws wedi gwneud byd o les i'n cymeriad ni fel cenedl. Heb sôn am gryfhau'n hasgwrn cefn.'

'Hoffet ti ffeirio hanes gyda mi?' atebais. 'Neu Babyddion Gogledd Iwerddon, hyd yn oed?'

Ond mae tebygrwydd. Ac mae eu cyflwr ysbrydol yn waeth, os rhywbeth.

Yn yr hen oesau, yn ôl Geraint, cyn geni Iesu Grist hyd yn oed, roedd gan y Cymry eu crefydd eu hunain, nid annhebyg, o'r hyn a ddeallwn, i'n crefydd ni. Credent, fel ni, mai'r ddaear oedd eu mam ac mai pelydrau'r haul – 'Calon y Nefoedd' i ni, 'Llygad Goleuni' iddynt hwy – a'n harwain at yr un Duw.

Methodd y Rhufeiniaid â dileu'r grefydd dderwyddol hon trwy rym y cledd a'r bicell ond bu offeiriaid yr Eglwys Gatholig, pregethwyr y sectau Protestannaidd ac ysgolfeistri'r Wladwriaeth yn dra llwyddiannus. Proses debyg iawn i'r un fu ar gerdded yn ein plith ni er dyfodiad y Sbaenwyr ac sy'n mynd rhagddi heddiw.

Fel Cristnogion chwyldroadol, cytunai Geraint a minnau mai dwy anghymwynas bennaf yr Eglwys â chenhedloedd gorchfygedig oedd eu cymell i ymostwng i'r drefn a llethu aelodau unigol o'r pobloedd hynny â baich anferthol o euogrwydd.

Dylai pob bod dynol deimlo cywilydd ar ôl cyflawni gweithred wael ond mae'r sawl sy'n byw dan argyhoeddiad ei fod yn gynhenid ddrwg ac yn haeddu pob cosb ac aflwydd a ddaw i'w ran, yn sâl ei feddwl, a'i ymwybyddiaeth o'i anheilyngdod ei hun o les i neb ond ei orthrymwyr.

Siaradem o brofiad. Ni chwrddais erioed â dyn gwyn a chanddo ymdeimlad dwysach o'i annigonolrwydd ei hun na Geraint. (Ond ef yw'r unig ddyn gwyn y gallaf ddweud imi ei adnabod yn iawn.) Teimlai'n euog oherwydd ei fod ef yn 'byw'n fras' tra llwgai'r rhan fwyaf o'i gyd-ddynion. Beirniadai'n ddiddiwedd ei 'anonestrwydd' a'i 'lwfrdra' yn 'pregethu anwiredd', h.y. yn ymatal rhag dweud dim allai siglo crefydd blentynnaidd, ofergoelus ei gynulleidfa, neu dramgwyddo'r parchusion dosbarth canol, braf-eu-byd a gyfrannai'n hael at 'leihau cyni anffodusion y Trydydd Byd'.

Am wn i nad oedd teimladau o'r fath yn cael llawer o gyfle i alaru Ann, gan ei bod mor brysur fel mam, athrawes, athrawes Ysgol Sul a gwraig y gweinidog, yn ddiflino ei hymroddiad dros gleifion, henoed, plant a phobol ifainc. Pawb a geisiai ymgeledd ganddi a rhai y buasai'n well ganddynt fod hebddo.

Âi Geraint a minnau i annerch cyfarfodydd gydag awch meddwon yn anelu am y dafarn agosaf. Neu gariadon yn mynd allan am noswaith gyda'i gilydd. Ni chollem gyfle i gyffwrdd, cydio, taro'n erbyn ein gilydd yn ddamweiniol a chofleidio'n 'Gristnogol'.

Efallai mai hynny fuasai hyd a lled ein cyfathrach oni bai i dad Ann, gweinidog yr Efengyl mewn tref yng ngogledd y wlad, gael trawiad ar ei galon. Nid oedd ei gyflwr yn beryglus ond fe'i dychrynwyd ddigon i ddeisyfu gweld ei unig ferch a'i wyrion.

Cydsyniodd Ann ar unwaith, wrth gwrs. Cynigiais fynd gyda hwy ond mynnai Ann, gyda'i sirioldeb arferol, y byddai hi a Nain yn ddigon atebol i ofalu am y bechgyn gan fod Taid eisoes wedi troi at wella.

'Ac os na fydd 'na ddynas i gadw trefn ar Ger, Rosa bach, mi fydd y lle 'ma fel tŷ Jeroboam pan ddo' i'n f'ôl.'

'Enllib!' ebychodd Geraint yn gellweirus.

'Jest cofiwch eich bod chi'n byhafio tra bydda i o'ma!' siarsiodd Ann. Nid oedd ei chwerthiniad mor groyw ag arfer. Ond efallai mai fi sy'n meddwl.

'Wel? Fyhafioch chi?' gofynnodd, wythnos yn ddiweddarach.

Eisteddai'r tri ohonom yn y stafell fyw, yn sipian te, ar ôl ymolchi'r bechgyn a'u dodi yn eu gwelyau.

'Wrth gwrs!' atebodd Geraint, braidd yn rhy siarp.

'Pam wyt ti'n gwrido, Geraint?'

'Sa' i yn gwrido! Y te hyn sy'n boeth ofnadw.'

Fflamiai wyneb Geraint ond mae gennym ni ganrifoedd o brofiad o guddio'n teimladau dyfnaf, yn enwedig dan fygythiad.

'Fihafion ni'n dda iawn, Ann,' meddwn, 'heblaw am gysgu gyda'n gilydd bob nos. Ond nid yn eich gwely chi. Peidiwch becso am hynny.'

Dywedais hyn mor ddigyffro â phetawn i'n cyffesu inni dreulio'r nosau'n gwylio'r teledu neu'n chwarae gwyddbwyll.

Llifodd y gwaed o wyneb Geraint. Ofnais y byddai'n llewygu neu waeth.

'O, Geraint!' chwarddodd Ann. 'Tasat ti'n gweld dy wynab dy hun rŵan! Fel y galchan!' Trodd ataf ac ychwanegu: 'Rwyt ti ar fai yn 'i bryfocio fo, Rosa. Gin 'rhen gradur gydwybod mor dynar!'

'Cythrel o fenyw yw hon!' ebychodd Geraint yn gryg, o'i ymysgaroedd, a'i edrychiad i fyw fy llygaid yn gymysgedd o ddicter, edmygedd, cariad ac ofn.

'Rŵan, rŵan! Dyna ddigon o'r hen araith 'na! Dim ond tynnu dy goes di oeddan ni.'

Nid wyf fyth wedi gallu penderfynu ai tynnu coes oedd Ann.

'Pam 'nest ti hyn'na?' holodd Geraint yn wyllt fore trannoeth, ac Ann a Rhodri'n yr ysgol a Dafydd yn mwynhau cyntun yn ei goets yn yr ardd gefn.

'Dyna beth ddwedaist ti dy fod am ei neud, Geraint,' atebais. 'Nid mor gignoeth a dideimlad.'

'Oeddet ti'n meddwl, o ddifri, y medret ti, hyd yn oed ti, â dy ddawn dweud eithriadol, egluro wrth dy wraig, heb ei chlwyfo, dy fod ti'n ein caru ni'n dwy, ond mewn ffordd wahanol? Ac y medrem ni'n tri a'r bechgyn gyd-fyw yn hapus a chytûn? Dan garu'n gilydd a'n cyd-ddynion, a gwasanaethu Duw?'

'Beth odyn ni'n mynd i neud?' holodd Geraint yn dorcalonnus a dodi ei freichiau amdanaf.

'Mae'n bryd imi fynd adre,' atebais a'i wthio oddi wrthyf.

Ar un wedd, cysgu gyda Geraint yw'r peth gwaethaf a mwyaf hunanol a wnes i erioed. Serch hynny, mae'n benderfyniad rwy'n ymfalchïo ynddo.

Nid dim ond ildio i'm greddfau a'm synhwyrau a wnes, er mor flysiog oedd y rheini. Nid dim ond rhoi rhwydd hynt i 'ngheriad at y dyn anwylaf y cwrddais ag ef erioed, un a'm carai ac a'm hachubodd rhag merwino a marw mewn anobaith. Roeddwn i'n ufuddhau i reddf ddofn a phwerus a fynnai 'mod i'n bachu cyfle unigryw i fyw i'r eithaf, i drechu ofn dynion ac i ffieiddio cyfathrach rywiol. I garu gyda 'ngharaid mewn gwely mawr, glân. I berlesmeirio pan unai fy nghnawd brown i â'i gnawd gwyn ef. I fwynhau syllu ar harddwch ein cyrff wedyn.

Roedd Geraint cyn ddiniweited â cholomen cyn blasu'r ffrwyth gwaharddedig. Wedi iddo bechu, fe'i cynysgaeddwyd â chyfrwystra'r sarff.

Rhaid oedd imi adael aelwyd Geraint ac Ann ar fyrder. Ond i ble'r awn i? Er bod y sefyllfa yn y wlad hon wedi gwella rhywfaint, ni fuasai wedi bod yn ddiogel imi ddychwelyd heb roi cyfle i 'nghyfeillion baratoi lloches ar fy nghyfer.

Roedd arnaf angen llety dros-dro yng Nghymru tra gwneid y paratoadau angenrheidiol yma. Rhywle na fyddai'n tramgwyddo'r swyddogion llygadog sy'n gwarchod y Deyrnas Gyfunol rhag cael ei goresgyn gan estroniaid croendywyll.

Trefnodd Geraint imi fynd i ofalu am y Parchedig Llion Roberts a'i fab, Peredur.

Ganed tri o blant i Llion Roberts a'i ddiweddar wraig, Eluned. Ymunodd ei ail fab, Mathonwy, â Byddin Lloegr ac fe'i clwyfwyd yn ddifrifol iawn, yn feddyliol ac yn gorfforol yn Rhyfel y Gwlff. Pan ddychwelodd adre a chael fod ei chwaer, yn y cyfamser, wedi priodi Gwyddel a gefnogai'r *IRA*, yn ei gynddaredd fe laddodd hi a'i gŵr a'u baban.

Effeithiodd y drychineb yn affwysol ar Llion Roberts a Peredur. Collodd y gweinidog bob diddordeb yn y byd allanol. Aeth yn feudwy yn ei gartre ei hun. Âi wythnosau heibio heb iddo dorri gair â neb, hyd yn oed â Peredur. Chwalodd priodas hwnnw ac achosai ei gyflwr meddyliol yntau bryder i'w gyfeillion. Nid ystyriai Geraint ei hun yn un o'r rheini, er ei fod ef a Peredur yn adnabod ei gilydd o ddyddiau prifysgol. Ond roedd ganddynt gyfeillion a oedd yn gyfeillion, a gweinidogaethai tad-yng- nghyfraith Geraint yn yr un dref â Mr Roberts.

'Rydw i'n meddwl y gallai Rosa eu helpu nhw,' ebe Geraint wrth egluro ei gynllun i Ann a minnau rhyw amser te. 'Alla' i feddwl am neb ond ti, Rosa, fedrai ddechre amgyffred profedigaeth mor enbydus.'

Fe es i aros at Mr Roberts a Peredur, ac rwy'n meddwl 'mod i wedi llwyddo i ysgafnhau rhywfaint ar faich eu heuogrwydd trwy osod yr hyn ddigwyddodd iddyn nhw a'u teulu yng nghyd-destun bywyd fel y mae i'r rhan fwyaf o'r ddynoliaeth, y lliaws sy' ddim yn byw yn ardaloedd breintiedig hemisffer gogleddol y blaned.

Rydw i'n meddwl fod Peredur wedi syrthio mewn cariad efo fi. Efallai mai dim ond cynnig dihangfa yr oeddwn i. Beth bynnag, erfyniodd am gael dod yn ôl gyda mi i'r wlad hon. Cefais fy nhemtio. Am resymau dilys o safbwynt yr achos yn ogystal â rhai hunanol. Ond gwrthodais.

Fyddai Geraint fyth wedi maddau imi, yn ei galon. Fyddai 'nghalon innau ddim wedi maddau imi chwaith.

Romeo

'Shwt 'yt ti, Alun?'

Cododd ei lygaid oddi ar y briffces gloywddu a syllu i wyneb y stondinwr. Gwep lwyd-felen ysmygwr trwm. Gwallt brith wedi ei dynnu'n ôl dros y corun a'i rwymo'n gudyn cwta ar war gwasgod frocêd, ddi-raen. Llygaid glas, glas tu ôl i sbectol fechan, ffrâm aur. Crys denim. Jîns. Sandalau. Dim sanau.

Roedd wedi sylwi ar berchennog Crefftau Dyfed wrth gylchdeithio'r Maes yn ystod y tridiau blaenorol. Safai, fel arfer, ar drothwy ei stondin ddwbl â ffag gartref, denau yng nghil ei geg, neu rhwng ei fysedd. Weithiau, sgwrsiai â chwsmeriaid, neu â'r llanc gwelw a'i cynorthwyai. Gwisgai hwnnw'r un crys-T coffa Freddy Mercury bob dydd.

Unwaith, tybiodd Alun fod llygaid y stondinwr yn ei ddilyn, a chyflymodd ei gamre dros y feidr fetel, leidiog.

Ond nid oedd dianc y tro hwn, gan iddo drefnu i gyfarfod Delyth yno.

'So ti'n 'nghofio i, wyt ti?'

Am y filfed ran o eiliad, gwyddai Alun pwy ydoedd a'i holai, a'u bod wedi cyfarfod ymhell cyn i'r Brifwyl hon ddod â hwy ynghyd. Syflodd godreon llen y cof. Ond dyna'r oll. Gwenodd yn gwrtais ar y dieithryn a rhoi ei ateb arferol ar achlysuron o'r fath.

'Ydw. Ond fedra' i'm yn 'y myw gofio'r enw. Un gwael ydw i am enwa.'

Nid bob tro y llwyddai'r celwydd. Methai ambell i gesyn faddau i'r cyfle i brofocio un o 'Enwogion y Genedl':

'Gwarfon ni rhyw ddeg mlynadd yn ôl.'

'Do siŵr. Ond yn lle?'

'Triwch gofio, Mr Bowen.'

'Beddgelart?'

'Reit agos. Tal-sarn. Interfiwoch chi fi pan oeddach chi'n gneud y program honno am R. Williams Parry. Un dda oedd hi hefyd.'

'Diolch yn fawr.'

'Mi bechoch rei o bobol y pentra 'cw'n ofnadwy, cofiwch. Gweld chi'n feirniadol o'r lle, fel mae o rŵan. Dwi'n hun yn meddwl bo' chi wedi deud lot o wir. Petha o'dd isio'u deud.'

Neu: 'Llanelli. Ffilmoch chi fi a'r wraig 'co pan oe'n nhw'n ciad y *steelworks.* A bod yn onest, o'dd dim ots 'da fi bo' chi ddim wedi iwso fe. Ond o'dd y wraig yn *disappointed.'*

Ond ni lechai cenfigen, hunandosturi na malais y tu ôl i wên y stondinwr. Ewyllys da ac edmygedd a ganfu Alun yn y llygaid glas.

'Ma' sbel 'ddar y tro diwetha cwrddon ni . . . '

Crynodd llen y cof eto. A llonyddu.

'Rof i gliw fach iti, Albo:

What man art thou, thus be screen'd in night,
So stumblest on my counsel?'

Rhwygodd y llen gan ddatgelu wyneb gwridog crwtyn llygatlas, penfelyn. Gallt o goed hydrefol, awyr las, afon Tywi'n parablu'n ewynnog yn y dwnjwn oddi tanynt.

Nofiai meddwl Alun Bowen yng ngofod y blynyddoedd. Rhythodd yn hurt ar yr hipi canol oed a dadogwyd gan y bachgen eurwallt.

'Zambuk!'

''Na beth oe'n nhw'n 'y ngalw i'n y Col.'

'Rod . . . Clive . . . '

'Clive Roderick.'

Wrth iddynt ysgwyd dwylo, synnodd Alun fod cledr llaw y llall mor arw, a'i gafael mor gadarn. Dychwelodd i stondin Crefftau Dyfed ar Faes yr Eisteddfod Genedlaethol.

'Mi wt ti wedi newid, Clive!'

Chwarddodd hwnnw: 'Odw, glei. Ma' bachan yn newid miwn wharter canrif.'

'Gymaint â hynny?'

'So ni wedi gweld 'yn gilydd 'ddar pan adewest ti. Yn *nineteen-sixty-nine* ie 'fe?

'Ia.'

'Rwy' i wedi dy weld di sawl gwaith 'ddar 'ny, wrth gwrs. Ar y bocs. So ti arno mor amal 'ddar ma' dy gwmni dy hunarr 'da ti. Well 'da ti gynhyrchu na chyflwyno?'

'Ydi.'

'So ti wedi gneud llawer 'da'r Bois 'rôl 'madel, wyt ti?'

'Fydda i'n cwarfod Dai Harries am beint, bob hyn a hyn.'

'So ti'n y Blaid Lafur?'

'Nag'dw. Mi fydda i'n helpu Dai pan fydd o'n sefyll etholiad.'

'Anamal bydd e'n colli *get-together,* cyn *International.* Dylet ti ddod 'da fe, Alun.'

''Sgin i ddim llawar i'w ddeud wrth yr *Internationals* erbyn hyn.'

'Llai fyth wrth y Bois?'

'Ia.'

'Pam troist ti'n mor ofnadw'n erbyn y Col, Alun?'

'Ysgol wael wedi'i sylfaenu ar egwyddorion pwdwr.'

'Nag oe't ti'n twmlo 'ny ar y pryd, oe't ti?'

'Tua'r diwadd.'

'Fel fi'n cofio ti, oe't ti'n hapus iawn 'co. Poblogedd. Whare i'r tîm cinta. *Prefect.* Hedfan trwy *A Levels.* Wahanol i fi.'

'Toeddat titha ddim yn brin o ffrindia.'

'*Waster* o'n i, waeth cyfadde. Dim ond pedwar *O Level* bases i, Alun, ac *Easy Welsh* o'dd un! Bues i'n lwcus cael jobyn fel *second-hand car salesman* 'rôl gadel. A dim ond achos bod y bòs yn *Old Boy,* a Ianto'n erfyn o'dd 'ny. Nag wyt ti'n twmlo bod y Col wedi helpu ti miwn unrhyw ffordd wedi 'ny?'

Huddodd Alun ei lid tra'n ateb: 'Fasa'n well gin i fod wedi mynd i'r ysgol gyfun leia breintiedig yng Nghymru.'

''Na flynydde hapusa 'mywyd i, Alun. Rwy'n ddiolchgar ofnadw es i 'co. So i wedi ca'l gyrfa ddisglair fel ti, ond pob llwyddiant ge's i, trwy gysylltiade 'nes i'n y Col odd 'ny. Neu achos bod y Col wedi rhoi *confidence* i fi allu delio 'da pob math o bobol. Roddodd Ianto lot o help i fi, he'd. Fi'n gweld 'i golli e'n ofnadw. Dim jest achos bod *signature* esgob ar waelod *testimonial* yn golygu rhywbeth, ond fel ffrind. O'dd meddwl mowr 'da fe 'onot ti, Alun. Wedodd e 'i hunan wrtho' i, sawl gwaith. Bydde Ianto'n siarad lot amdanot ti.'

Tewodd a chwilio wyneb Alun am ymateb.

Gwrthododd yntau gymryd ei sugno'n ôl i gors y tynasai ei hun ohoni ers blynyddoedd. 'Fydda fo?' meddai'n ddidaro, a chymryd arno ymddiddori yn y nwyddau lledr a'r geriach ffug-werinol o bren a gwlân a orchuddiai fyrddau a pharwydydd y stondin.

Denwyd ei lygaid gan gasgliad o luniau dyfrlliw a lenwai un o gorneli'r stondin; paentiadau lliwgar, lled-haniaethol, a ysgogwyd gan dirwedd a thraethau Dyfed.

'Lico nhw?' holodd Clive, wrth ei benelin.

'Ydw,' atebodd, er ei waethaf.

'Diolch yn fawr iti, Alun. Ma'n golygu lot i fi bod rhywun fel ti, sy'n diall rhywbeth am *art* yn meddwl bod 'yn llunie i o werth.'

'Chydig iawn dwi'n ddallt,' atebodd Alun yn goeglyd a chelwyddog. 'Ers faint wyt ti'n y busnas yma?'

Llefarodd gyda chyn lleied o ddiddordeb ag a welai ar wynebau'r eisteddfodwyr a ymlwybrai i mewn ac allan o'r stondin heb brynu na bwcwl na strap.

'Rhaid bod pum mlynedd.'

Edrychodd Alun ar ei watsh ac yna ar y Maes corsiog.

'Excuse me for interrupting, Clive,' ebe'r cynorthwy-ydd a adawsai ei safle ger y til. *'That lady wants to be served in Welsh.'*

'No problem, Mark,' ebe Clive. 'Esgusoda fi am eiliad, Alun.'

Aeth y perchennog a'i was at y cownter lle safai gwraig ganol oed, raenus ei diwyg a'i cholur, â handbag gwinau, hir yn ei llaw, fel petai'n ystyried ei brynu. Adnabu Alun hi fel yn un o gesyg blaen y Gymdeithas Gerdd Dant yn ardal Dolgellau. Gwenodd y wraig ar Alun. Gwenodd yntau'n ôl a chamu at drothwy'r stondin. Syllodd dros y llaid i gyfeiriad y BBC, yn y gobaith o weld Delyth yn dynesu.

Yn y man, ymadawodd yr eisteddfodwraig gyda'i handbag newydd a gweniaith y stondinwr yn dal i'w goglais.

'Ma' pawb yn nabod ti, Alun,' sylwodd wrth ymuno ag ef ar y trothwy, â ffag arall rhwng dau fys.

'Lle bach ydi Cymru.'

Sugnodd Clive fwg o'i sigarét gyda boddhad, cyn datgan: ''Na'r rhaglen ore 'nest ti – yn 'y marn i, ta p'un – o'dd honno am y *monastery*, mas yn Ffrainc.'

'Vézelay?'

'O'dd y stwff boiti'r *architecture* dros 'y mhen i, a gweud y gwir, ond o'dd beth wedest ti am y mynachod a *monasticism* yn *spot-on*. A 'ma *ex*-mynach yn siarad 'da ti nawr, cofia.'

Ymddiddorodd Alun yn anewyllysgar:

'Wt ti wedi bod yn fynach?'

'Am bedair mlynedd, Alun. Rhynt 1986 ac 1990.'

'Pryd droist ti'n Babydd?'

'*Anglican Order* o'dd e. Lawr tsha Dorset. 'Na rhywbeth gallet ti neud rhaglen arno fe! Nage *documentary,* cofia. Rhywbeth mwy fel *Carry on Up the Chasuble.*'

'Lle felly oedd o?'

'*Get the Abbey habit. Fuck a monk!*'

Tagodd Alun lef o ddiolchgarwch pan welodd Delyth, o'r diwedd, yn brasgamu tuag atynt trwy'r mwd. Hamlet bryd tywyll, fenywaidd, hyderus, meddyliodd, gan edmygu chwaeth y siwt felfed ddu, y flows wen, goler lydan, a'r welingtons porffor.

Pan oedd Delyth rhyw ugain llath o'r lan, chwifiodd at Alun dan wenu.

'Yr ail wraig yw hon ie 'fe, Alun?' ebe Clive o gornel ei geg. 'So i'n moyn rhoi 'nhroed fowr ynddi.'

''Nghymar i ers dwy flynadd,' atebodd Alun, gan symud gam oddi wrth Clive fel y cyrhaeddodd Delyth y stondin a'i gyfarch:

'Haia. Welist ti'r briffces?'

'Do. Neis iawn.'

'Neith o?'

'Wt ti isio gwario cymaint?'

''Sdim raid ichi fecso boiti'r prish,' ebe Clive dan wenu'n siriol ar y ddau. 'Ma' disgownt arbennig 'da fi i *Old Boys!*'

'*Old Boys?*' adleisiodd Delyth gan sylwi ar Clive am y tro cyntaf a throi at Alun am eglurhad.

'Delyth Mai – Clive Roderick,' ebe Alun yn ddiamynedd.

'Oe'n ni'n yr ysgol 'da'n gilydd,' eglurodd Clive. 'Amser maith yn ôl erbyn hyn, ynte'fe, Alun?'

Siriolodd wyneb Delyth.

'Aha,' meddai. 'Un arall gafodd gam yn y Col melltigedig?'

'Ddim o gwbwl, Delyth,' atebodd Clive yn eiddgar, fel petaent yn hen gydnabod. 'Nawr o'n i'n gweud wrth Alun taw'r peth gore ddigwyddodd i mi erioed o'dd cael 'yn hala i'r Col.'

'Pawb at y peth y bo,' ebe Alun yn sych.

'Gwmws, Alun,' cytunodd Clive. 'Ma' amgylchiade pawb yn wahanol, on'd 'yn nhw? Des i o deulu tipyn llai breintiedig na ti, ti'n gweld. Wyddet ti taw plentyn siawns o'n i?'

Mwy o osodiad nag o gwestiwn.

'Na wyddwn,' ebe Alun er i *'Don't you know Zambuk's a bastard, Albo?'* a darlun ohono ef ei hun a bachgen arall yn lifrai llwyd y coleg, yn chwarae concyrs, godi o'r dyfnderoedd.

'Feddylis i ma' dim ond hogia o deuluoedd cefnog, fel Alun, gâi fynd i'r Col?' cellweiriodd Delyth.

'O'dd beth oe'n nhw'n galw'n *Carmarthen Six* i gael, Delyth,' eglurodd Clive. *'Assisted places scheme* ma' nhw'n galw fe heddi, sbo. Wel, briododd Mam pan o'n i'n naw mlwydd oed. Brynley. Rial hen gythrel. O'dd e'n 'y nghasáu i. Fydde fe'n 'mhwno i mor galed, ofnes i gelen i'n lladd. Pan driodd Mam gadw 'mhart i unweth – bwrodd e hi he'd. Wedodd hi bod hi'n 'i adel e, a bygythiodd e'n lladd ni'n dou. Druan fach, o'dd hi'n torri'i chalon, achos o'dd hi'n meddwl taw'r unig ffordd galle hi arbed 'mywyd i o'dd 'yn rhoi i yng ngofal yr awdurdode. 'Na pryd clywodd hi bod *scholarships* i'r Col i gael. Er taw capel oe'n ni, pan fydden ni'n mynd, aeth hi at y ficer a drefnodd e'r cwbwl. Ysgol Eglws yw'r Col, ti'n gweld, Delyth.'

'Ia,' ebe Delyth. 'Dyna pam ma'n gas gin hwn Eglwys Loegar gymaint. Te, Al?'

'Un peth da ddath o fynd yno.'

''Sen i wedi dod o deulu hapus, fel ti, Alun,' meddai Clive, gan fanteisio ar gydymdeimlad a diddordeb Delyth, 'ma'n debyg bydden inne'n difaru cael 'yn hala bant i'r Col. Ond i mi, roedd e'n Nefoedd. Oedd lot o bwno'n mynd 'mlaen 'co, fi'n cyfadde. Ges i'r *dap* a'r *cane* ar 'y mhen-ôl gyment â neb. Ond goglesh o'dd 'na wrth y clatsho gartre – dyrne, belt, sgitshe gwaith . . . procer, hyd yn oed . . . Wyt ti'n synnu bod shwt feddwl 'da fi o'r Col, Alun?'

'Dim os ma' felly oedd hi,' cyfaddefodd Alun a chroesi'r stondin at yr astell â briffcesus a waledi arni. Cododd gerfydd ei ddolen friffces syber, du, na fyddai'n codi cywilydd ar ei berchennog petai hwnnw'n gadeirydd cwango mwyaf pwerus Cymru.

'Ma'r ddynas 'ma'n mynnu rhoi hwn yn bresant imi, Clive,'

meddai, ond cheith hi ddim, 'blaw bo chdi'n cynnig disgownt sylweddol iawn.'

'Paid â bod mor ddigywilydd!' fflachiodd Delyth.

'Dim problem.' gwenodd Clive. 'Dynna' i ddeg y cant bant am bod e'n *Old Boy,* deg y cant am bod 'da fi shwt feddwl ohono fe. A deg y cant arall i ti, Delyth, am roi lan 'dag e!'

Cymerodd Delyth y cês gan fwytho meddalwch ei ledr a ffroeni ei newydd-deb.

Gwyliai Alun a Clive hi, y naill yn ddiamynedd a'r llall gyda boddhad.

'A weda' i beth arall 'naf i,' cyhoeddodd y stondinwr. 'Doda' i *initials* y pwdryn hyn arno fe miwn *gold-leaf,* yn rhad ac am ddim . . . '

Trodd yn bryfoclyd at Alun:

' . . . fel bod e'n gorffod cyfadde nage drwg i gyd yw bod yn *Col Old Boy!'*

Roedd wedi dechrau glawio eto pan adawodd Alun a Delyth Crefftau Dyfed.

'Pam fust ti mor anniolchgar?' ceryddodd Delyth wrth i Alun godi ei ambarél lydan, liwgar yn gysgod drostynt.

'O'n i wedi gwrando arno fo'n malu awyr am hannar awr yn barod. Gan bod chdi'n hwyr.'

'Ma' rhei ohonan ni'n gorfod gweithio.'

Ymlwybrodd y ddau i gyfeiriad caer gynfas y BBC a'i chysuron, heibio cyfres o stondinau llaith â'u llond o ffoaduriaid digalon.

'Doeddat ti a Clive ddim yn ffrindia, yn 'rysgol?'

'Dim felly. Mae o dair blynadd yn iau na fi. Ma' hynny'n lot pan wt ti'n d'arddega.'

'Oedd o'n falch iawn o dy weld di.'

'Fel basa fo o weld unrhyw un oedd yn 'i atgoffa fo o'r Col.'

'Doedd dim rhaid ichdi fod mor ddiflas.'

''Sgin i ddim mynadd efo dynion canol oed sy'n edrach yn ôl yn hiraethus ar 'u cyfnod mewn ysgol "fonedd" fel petai'n Oes Aur. Ma' bywyd ar ôl 'madal wedi'u siomi nhw. Hyd yn oed y rhei oedd yn torri'u c'lonna yno. Blydi anaeddfed. Dyna un rheswm pam dwi 'di cadw draw orwth "Y Bois", chwadal Clive.'

Dyna ymweliad olaf Alun â'r eisteddfod honno. Gorfu i Delyth ei mynychu'n feunyddiol tan y diwedd, oherwydd galwadau gwaith. Bnawn Sadwrn, ar ôl cwblhau ei dyletswyddau, dychwelodd i stondin Crefftau Dyfed, i ymofyn y briffces newydd â'r llythrennau aur A.T.B. wedi eu boglynnu arno.

'Ma' Clive yn foi diddorol,' meddai wrth sipian ei choffi ar ôl swper. Lledorweddai ar y soffa yn lled-wylio'r drafodaeth flynyddol rhwng dau arweinydd ynglŷn â chyndynrwydd corau meibion i gystadlu yn y Brifwyl. Cribiniai Alun y *Cyfansoddiadau* yn ofer am friwsion awenyddol.

'Ydi o?' holodd Alun heb godi ei ben.

'Diddorol iawn,' ebe hithau gan roi taw ar ddoethinebu'r cewri cerddorol. 'Wedi gweld y byd. Pob math o fydoedd. Gneud lot o wahanol betha. Soniodd o wrthach chdi 'i fod o wedi bod yn fynach?'

'Do.'

'Ydi o'n hoyw?'

'Synnwn i ddim.'

'Oeddach chi i gyd wrthi fel lladd nadroedd yn y Col ma'n siŵr!'

Cododd Alun ei ben i ddatgan yn groyw: 'Nag oeddan!'

Chwarddodd Delyth yn faleisus: 'Dyna pam mae o mor gyndyn i sôn am 'i ddyddia ysgol?'

Chwythodd Alun ebychiad dilornus drwy ei ffroenau. Rhythodd ar yr Awdl, gan orfodi ei rhyddiaith gynganeddol i'w ymwybyddiaeth.

Ar ôl hanner potelaid o *Côtes de Provence* cyhyrog a dau goniac, roedd Delyth mewn hwyl plagio.

'Deud wrtha' i sut brofiad oedd actio Romeo.'

Fferrodd gwaed Alun Bowen. Petrusodd cyn ateb, nes i'w fraw droi'n *sang froid.*

'Be?' holodd yn ddryslyd, fel petai'r cais y tu hwnt i'w grebwyll.

'Glywist ti,' ebe Delyth gan rhowlio oddi ar y soffa a chropian ato ar ei phedwar. Cymerodd y *Cyfansoddiadau* o'i ddwylo a'i osod ar lawr wrth ymyl y gadair. Dododd ei dwylo ar ysgwyddau Alun a'i wthio'n ei ôl. Syllodd yn hy i fyw ei lygaid a holi: 'Pam na sonist ti, dwrnod o'r blaen, dy fod ti a Clive wedi bod yn *Romeo and Juliet,* gan William Shakespeare, *the English Twm o'r Nant?'*

'Chofis i ddim am y peth tan rŵan.'

'Naddo?'

'Naddo.'

'Od.'

'Pam?'

'Dyna'r peth gora ddigwyddodd i Clive tra buo fo'n 'rysgol, medda fo. Y profiad mwya cofiadwy.'

'Pawb â'i ddiléit.'

Difrifolodd wyneb Delyth ac eisteddodd gyda'i ffolennau ar ei sodlau.

'Pam wt ti mor gyndyn i sôn am y Col?'

'Am nad ydi o'n gyfnod dwi'n fwynhau dwyn i go.'

'Toeddat ti ddim yn anhapus yno?'

'Faswn i wedi bod yn hapusach ym Motwnnog neu yn ysgol Pwllheli.'

'Y rheswm dwi rioed wedi holi llawar ynglŷn â dy ddyddia ysgol di ydi 'mod i wedi meddwl ichdi fod yn anhapus drybeilig yno, a toeddwn i ddim isio codi hen grachod poenus. Mi oeddat wrth dy fodd, yn ôl Clive. Poblogaidd efo'r hogia a'r athrawon. Dipyn o arwr . . . '

'Bôls.'

'Mi wt ti'n arwr i Clive.'

'Deud hynny i dy blesio di oedd o.'

'Toeddat ti ddim yn anhapus yno o gwbwl, nag oeddat?'

'O'n, ar y dechra,' mynnodd Alun. 'Nes imi ddysgu siarad Seusnag fel Hwntw a dangos 'mod i'n da i rwbath ar gae rygbi.'

'Toedd hynny fawr o benyd.'

'Mi 'mosododd hogyn hŷn arna' i'n rhywiol yn ystod 'nhymor cynta ac mi fu 'na athro – un mewn colar gron – yn mwytho 'mhenglinia i mewn tiwrtorials Lladin. Dwi'n difaru na fyswn i wedi deud wrth 'yn rhieni, a'u ca'l nhw i 'nhynnu i o'no, cyn imi ddechra dygymod â'r lle. O'dd gin i ormod o gwilydd.'

'Mi 'nest ddygymod â'r lle?'

'Do.'

'Pam wt ti mor gyndyn i sôn wrtha' i am y Col?'

'Pam wt ti'n holi ac yn stilio?'

'Am 'mod i'n dy garu di. Dwi isio gwbod bob dim fedra' i amdanat ti. Wt ti wedi sôn am dy blentyndod, dy dad a dy fam, dy frawd a dy chwaer, Rhydychen, Rosemary a'r hogia, y merchaid fuost ti efo nhw ar ôl i dy briodas chwalu. Dim byd o gwbwl am saith mlynadd bwysig iawn yn dy hanas di.'

'Saith mlynadd ddifethodd 'mywyd i.'

'Pam wt ti'n deud hynny, Al?'

'Am 'i fod o'n wir.'

'Mi fasa llawar yn deud ichdi ga'l bywyd llwyddiannus dros ben.'

'Basan.'

Cododd Delyth, dododd ei breichiau am ei wegil a gorwedd arno, ar ei hyd. Cusanodd ef yn flysiog a murmur "Di'r ots'.

'Dwi wedi gwthio'r cyfnod hwnnw i lawr mor ddyfn, wn i ddim sut na lle i ddechra 'i dynnu o i'r wynab,' ebe Alun, gan droi Delyth i eistedd ar ei arffed. 'Ar ôl i mi a Rosemary wahanu, pan o'n i ar y coco go-iawn, mi fyddwn yn meddwl am y Col jest bob dydd. Yn enwedig wrth drio dŵad dros y noson cynt. Yn melltithio 'Nhad am 'ngyrru i yno, a Mam am adal iddo fo. A Ianto . . . '

'Y prifathro?'

'Warden. Teitl crandiach.'

'Be 'nath o i chdi?'

'Perswadio 'Nhad i 'ngyrru i yno.'

Tybiodd Delyth iddi lwyddo i ddryllio'r llifddorau, ond ffrwynodd Alun ei lid a bu mudandod anniddig rhyngddynt am ysbaid.

'Pam na sgwenni di'r hanas?' awgrymodd Delyth yn y man. 'Ella gwnae o les i chdi. A'n helpu i, i orffan y jig-so.'

'Ga' i weld.'

Cydeisteddasant yn fwythlyd, gytûn am rai munudau nes i Delyth, yn ei thro, ddechrau anesmwytho.

'Paid â gwylltio . . . ' apeliodd.

'Fydda i byth yn gwylltio.'

'Ella gnei di pan glywi di be dwi 'di neud.'

'Cysgu efo'r boi camra?'

'Gwaeth.'

'A'r boi sain? A'r *runner?*'

Teimlodd Alun Delyth yn llenwi ei hysgyfaint.

'Dwi 'di rhoi menthyg mil o bunna i Clive . . . '

'Be?'

Ymsythodd Alun gyda'r fath rym nes i Delyth gwympo ar y carped. Ceisiodd droi ei darostyngiad yn fantais, gan gwyno:

'Ddeudist ti fasa chdi ddim yn gwylltio!'

'Naddo!' gwaeddodd Alun. 'Sut uffar berswadiodd o chdi i neud hynny?'

'Mae o am fewnforio gwaith lledar o Moroco a Thiwnisia, a thalu prisia teg i'r crefftwyr lleol.'

Er syndod a rhyddhad i Delyth, chwarddodd Alun.

'Mi nabododd chdi'n syth bin,' meddai gan godi ac arllwys dau frandi arall.

'Be wt ti'n feddwl?' gofynnodd Delyth ar ei heistedd ar y carped.

'*Guardian Woman* o dop d'ymennydd i sodla dy welingtons piws.'

Dychwelodd Alun a chynnig un o'r gwydrau i Delyth.

'*The value of a public school education.*' Crechwenodd. ''Sgin y gweddill ohonach chi ddim blydi tshans yn 'yn herbyn ni.'

* * *

Unwaith y dechreua' i hel meddylia am y Col, mi fydda i'n beio pob dim aeth o chwith yn fy mywyd i ar y lle, a dydi hynny'n ddim lles. Beio'n rhieni am fy ngyrru i yno. 'Nhad am beintio llun o'r Col fel Nefoedd ar y ddaear i hogyn wedi mopio efo chwaraeon. Fasa gen i ffrindia am oes, o bob rhan o Gymru. Mi faswn i'n cael dysgu chwarae rygbi, a chwarae dros Gymru, hyd yn oed! A chwarae cricet ar gaea go-iawn, nid rhyw glwt o dir mwdlyd, fel oedd gynnon ni yn y pentra . . .

Beio Mam am adael imi fynd, er ei bod hi wedi synhwyro sut le oedd o, a diawl mor ffals, dauwynebog, ac uchelgeisiol oedd Ianto.

Beio fi fy hun, fel y bydd pob plentyn gafodd gam, am gymryd fy mherswadio, ac am beidio dengid, neu wrthod mynd yn f'ôl, reit ar y dechra, a finna'n gwbod be fasa'r lle'n neud imi.

Melltithio Ianto, y bastad rhagrithiol, tew, a'i bropaganda celwyddog am Gymreictod ei ysgol, a chymaint o les i Gymru fydda Eton Gymraeg. Dyna sut yr hudodd o bobol fel 'Nhad i yrru'u hogia yno, i'w Seisnigo a'u troi'n snobs ac yn Dorïaid, ac i ddirmygu eu cyfoedion llai breintiedig fel *yokels*, os oeddan nhw'n siarad Cymraeg, neu *thugs* os oeddan nhw ddim. Mi oedd pob hogyn lwydda fo i'w fachu yn chwyddo coffrau'r Col ac yn rhoi hwb arall yn nes at Esgobaeth i'r Warden.

Fel deudis i, ar ôl i Rosemary a fi wahanu, mi fyddwn i'n ymdrybaeddu fel'na, yn chwerw a hunandosturiol, am oria bwy'i gilydd. Holi pam symudon nhw fi o ardal Gymraeg a Chymreig iawn, fel oedd hi 'radag hynny, lle'r oedd pobol yn gneud eu gora i fyw'n gymdogol ac yn glên efo'i gilydd, o gymdeithas oedd yn weddol ddiddosbarth, a 'ngharcharu i mewn sefydliad diarth, Seisnig, awdurdodol, unbeniaethol. A finna'n llyncu gwerthoedd afiach y lle, nes chwydis i nhw allan flynyddoedd wedyn, a hitha'n rhy hwyr . . .

Di-fudd iawn ydi paldaruo fel hyn. Dyna pam dwi'n gyndyn o godi'r crachod yna rŵan, a finna ar delera go-lew efo'n rheini, a da iawn efo Rosemary ac Arthur a Tudwal. Ac mae gen i chdi. Dwi wedi cael trefn ar 'y mywyd, o'r diwadd. Beth dâl corddi'r dyfroedd? Heblaw dy fod ti wedi gofyn imi.

Unwaith dechreua' i feddwl am y cyfnod yna, fedra' i ddim peidio dychmygu mor wahanol fasa 'mywyd i wedi bod, taswn i wedi mynd i Ysgol Botwnnog, neu i Bwllheli, er mor Seisnig oedd y rheini. Yr hwyl faswn i wedi ei gael efo Cymry Cymraeg eraill, yn hogia ac yn genod. Mi fasan yn dal yn ffrindia imi heddiw. Ar wahân i Dai Harries, does gen i neb o'r cyfnod yna. A fydd Dai a finna byth yn hel atgofion.

O'n i'n *Welsh Nash* eithafol pan o'n i'n hogyn bach, ond mi drodd y Col fi'n snob gwrth-Gymreig, nes i brotestiada a bomia'r Arwisgo ddŵad a fi at 'y nghoed. Mi benderfynis fynd i Aber er mwyn cymryd rhan yn y protestiada, a Chymreigio'n hun. Perswadiodd 'Nhad a Ianto fi i fynd i Rydychen.

'Os ydych chi am ddilyn gyrfa yn y byd teledu, Alun – ac mae dyfodol yr iaith Gymraeg yn dibynnu, i radde pell iawn, ar lwyddiant Cymry ifainc, gwlatgar fel chi i Gymreigio'r cyfrwng tra phwerus hwn – mae'n rhaid ichi fynd i Rydychen. Mae dynion pwysica'r BBC yng Nghymru, a TWW hefyd, i gyd wedi bod yno. Dydw i ddim yn meddwl y caf i lawer o drafferth i gymell y penaethiaid i roi cyfle ichi, os cewch chi radd mor ddisglair ag yr ydych chi'n ei haeddu. Peidiwch â gadael i'ch cenedlaetholdeb fod yn faen tramgwydd. I Rydychen yr aeth Owain Glyndŵr a Gwynfor Evans, cofiwch!'

'Amen!' medda 'Nhad.

Mi wnaeth Mam gyfadda wrtha' i, sbel wedyn, nad jest ei snobyddiaeth – cudd, rhan fwya o'r amsar – oedd yn peri i 'Nhad borthi mor daer. Roedd o ofn am ei fywyd imi fynd dros ben llestri efo'r Gymdeithas, taswn i'n mynd i Aber. Er bod 'y cyfreithiwr radicalaidd, gwlatgar o Ben Llŷn', chwadal *Y Faner,* wrth ei fodd yn gweld plant pobol eraill yn mynd i garchar dros yr iaith, doedd o ddim am weld ei fab ei hun yn troi'n 'eithafwr'.

Wrth fynd i Rydychen, mi gollais 'nghyfla ola i dorri'r cadwyna oedd y Col a Ianto a 'Nhad wedi'u lapio mor dynn amdana' i. Be fuos i rioed, Delyth, ond ffycin cydymffurfiwr?

'Cyfarwyddwr a chynhyrchydd y rhaglenni dogfen mwya treiddgar a deallus yn y Gymraeg,' medda'r *Faner,* pan oedd hi'n dal i 'chwifio'.

Faswn i'n ffeirio pob dim wnes i i'r teli am gael bod yn awdur un gyfrol dena o farddoniaeth geith ei darllen tra bydd yna iaith Gymraeg. Un soned gofiadwy, hyd yn oed. Cyfaddawd ydi pob ffilm a rhaglen deledu. Dwyt ti ddim yn cynnig syniad i gomisiynydd heb sensro dy hun. Wedyn, mae hi'n mynd o ddrwg i waeth. 'Mhen llai na mis ar ôl darlledu, mi fydd pawb ond chdi wedi anghofio am dy 'gampwaith'. Nes ceith o'i atgyfodi, 'mhen blynyddoedd, i'n hatgoffa ni mor ddigri o hen-ffasiwn oedd pobol ers talwm. Mi all cerdd, neu nofel, newid bywyd rhywun flynyddoedd ar ôl marw'r awdur.

Fedra' i ddim taeru y baswn i yn yr argraffiad nesa o'r *Oxford Book,* taswn i heb fynd i'r Coleg, ond o pan ddysgis i sgwennu, tan es i i ffwr', mi fyddwn i'n gneud penillion. Be o'n i'n alw'n farddoniaeth. Mi fyddwn i'n cael petha na fedra' i 'mond 'u galw nhw'n 'weledigaethau'. Clywad ogla lliw a'i sain o. Gwbod be'n union oedd pobol yn mynd i ddeud cyn iddyn nhw'i ddeud o. Mynd i drans wrth orfadd ar fy hyd, ar fy mhen fy hun, ar lan môr Porthor, neu yn y grug ar Fynydd y Garn. Gweld i mewn i dirwedd, planhigyn neu greadur byw, a'u teimlo nhw yndda' i. Mi ges gip ar be o'n i wedi'i golli y tro cynta y darllenais i *Windhover* Hopkins.

Seusnag oedd fy iaith gynta i tra bûm i'n y Col. Mi stopiodd y gweledigaethau a'r barddoni. Ddaethon nhw ddim yn eu hola pan ddes i'n llythrennog yn y Gymraeg eto. Roedd y 'farddoniaeth' Seusnag sgwennis i'n druenus.

'Rydw i'n meddwl y dylat ti wbod fod Clive yn foi peryglus. Wn i y medar pawb newid. Mae o 'i hun yn brawf o hynny. Wyddwn i ddim ei fod o'n Gymro Cymraeg nes siaradodd o efo fi yn y Steddfod. Beth bynnag, taswn i'n chdi, faswn i ddim yn rhoi rhagor o sybs iddo fo. Mi fu'n y jêl o leia unwaith yn ystod y saithdega, yn ôl Dai Harries, oherwydd ei gysylltiada efo ryw sgiâms ariannol. Conman ydi o. Dwi'n amau pa mor wir ydi'r stori am gael ei leinio gan ei lysdad. Mae o'n ddiarhebol am fenthyg pres heb dalu'n ôl, yn enwedig gin hen gariadon mewn aduniadau *Old Boys*.'

* * *

Saesnes o ogledd-ddwyrain Lloegr oedd Rosemary Hayes. Roedd hi ychydig flynyddoedd yn iau nag Alun ac yn efrydydd ymchwil yn Rhydychen pan gyfarfu ef â hi yn ystod aduniad yn ei hen goleg. Priodasant ddwy flynedd yn ddiweddarach, ar ôl i Rosemary gwblhau ei doethuriaeth ar economi Caer Efrog yn y drydedd ganrif ar ddeg. Pan symudodd i Gaerdydd, cyfunodd dysg Rosemary a dylanwad ei gŵr i sicrhau swydd darlithydd iddi yn Adran Hanes y brifysgol.

Gadawodd Rosemary ei swydd pan aned Arthur, gan barhau i diwtora'n rhan-amser ac i ddarlithio'n achlysurol. Rhoddodd y gorau i'r gweithgarwch hwnnw, ddwy flynedd yn ddiweddarach, pan gyrhaeddodd Tudwal.

Erbyn hynny, roedd wyneb Alun yn dra chyfarwydd i'r gwylwyr Cymraeg, ac yntau wedi symud yn ddidramgwydd o sefydliad i sefydliad, TWW, BBC, HTV, gan esgyn o swydd i swydd nes cyrraedd un o binaclau corfforaethol y diwydiant.

Parhâi, o leiaf unwaith y flwyddyn, i gynhyrchu ac i gyflwyno'r rhaglenni dogfennol awdurdodol a'r cyfweliadau treiddgar ag arweinwyr gwleidyddol ac artistiaid byd-enwog, a enillai glod iddo ymhell tu hwnt i Groes Cwrlwys a Chlawdd Offa.

Godineb hirhoedlog ei gŵr â darlledwraig nid anenwog yn y Gymru Gymraeg a ysgogodd yr ysgariad. Hon oedd y ddiweddaraf mewn cyfres o gariadon yr amheuai Rosemary fod Alun yn cyfathrachu â hwy. Dileodd y gyflwynwraig bob amheuaeth trwy ymweld â Rosemary rhyw fin nos a'i hysbysu ei bod am fynnu Alun yn gymar, er lles y tri ohonynt.

Er gwaethaf ei theimladau briw, ar y pryd, daeth Rosemary i ystyried ymweliad yr ordderch yn gymwynas, maes o law. Symbylodd y sarhad hi i ysgaru cymar annheilwng yr aberthodd hi rwymau teuluol, gyrfa addawol a'r boddhad o fagu ei meibion yn ei mamiaith hi ei hun, ar allor ei ego a'i yrfa. Roedd yn ysgytwad a barodd iddi ddirwyn i ben ei phriodas â dyn oedd mor ddibris ohoni hi, ac mor edmygus ohono ef ei hun ac o bwysigrwydd ei gyfraniad i ddyfodol y genedl a Gwareiddiad y Gorllewin.

Roedd Alun draw yng ngŵyl ffilm a theledu Huston, Texas ar ran y cwmni, i dderbyn Y Ffynnon Olew Efydd, sef y drydedd wobr yn y categori 'Rhaglenni Natur i Blant'. Erbyn iddo ddychwelyd i Gaerdydd, roedd Rosemary wedi cwrdd â'i thwrnai deirgwaith.

Nid elwodd y gyflwynwraig ryfygus o'i hymyrraeth, heblaw cael ei henwi yn y llys.

Ychydig dros ddwy flynedd wedi'r ysgariad, cyfarfu Alun â Delyth mewn noson wobrwyo BAFTA Cymru. Er bod y ddau'n chwil, sylweddolasant ar unwaith fod atyniad dyfnach na rhywioldeb meddw rhyngddynt.

Yn y man, gosododd Delyth ei chartref, a oedd ar un o'r stadau preifat rhwng cefn *B.H.* a'r afon, a symud at Alun i'r tŷ mawr, gwyn, ym mhentref Llandaf. Fe'u calliwyd gan gariad a phenderfynu nad oeddynt am i'r gyfeddach gyfryngol eu tywys ymhellach ar gyfeiliorn, neu i fedd annhymig, fel y digwyddasai i rai o'u cydnabod a'u cyfeillion.

Erbyn hynny, roedd Cymraeg gwaraidd rhwng Alun a Rosemary unwaith eto.

Ailbriodasai Rosemary â bargyfreithiwr o genedlaetholwr a dechrau ail deulu. O'r herwydd, croesawai hi ddiddordeb cynyddol Alun yn addysg a datblygiad ei feibion – rhywbeth a oedd wrth fodd Delyth hefyd. Closiodd hithau at Arthur a Tudwal.

Roedd Alun a Delyth wedi ymrwymo i berthynas unweddog, ddi-blant nas bendithiwyd gan gapel na swyddfa gofrestru. Prif atyniad Alun i Delyth fel cymar oedd fod ei reddfau tadol eisoes wedi eu boddhau ac na fyddai disgwyl iddi blanta. Hyfrydwch iddo yntau oedd hyrwyddo gyda ffrwyth ei brofiad, hynt ei gariad tua chopaon y cyfryngau yng Nghymru.

Ond ar ôl oddeutu dwy flynedd o gyd-fyw â gŵr a garai, ac a'i carai hithau, dechreuodd Delyth ddiflasu. Roedd arni eisiau plant. Cyfaddefai'n onest wrth Alun mai eiddigedd a chenfigen a ddeffrodd yr awydd ynddi.

'Rwyt ti'n dal i feddwl amdani hi fel dy wraig, am ei bod hi'n fam i dy blant di. Cariad, cymar, partnar, mêt ydw i. Dim jest hynny. Ma' 'na bwera biolegol ar waith.'

'Dwi'n rhy hen i ddechra teulu arall!' protestiai Alun. ''Sgin i mo'r egni i roi chwara teg iddyn nhw. Faswn i'n agos at oed yr addewid erbyn basa'r plant 'run oed ag ydi Arthur a Tudwal rŵan!'

Sail waelodol ei daeru digyfaddawd oedd euogrwydd am iddo esgeuluso'r bechgyn pan oeddynt yn iau a thwyllo'u mam, ynghyd ag ofn amharu ar y *concordat* rhyngddo a hwy.

Cydletyodd Delyth yn anewyllysgar ag Alun hyd nes i'r actores a drigai yn ei thŷ hi benderfynu mentro i Lundain i chwilio am waith, yn dilyn marwolaeth annhymig y cymeriad a ymgnawdolai yn 'Pobol y Cwm'. (Yr achos cyntaf o'r diclein yng Nghwmderi ers deugain mlynedd, yn ôl Reg Harries, a feiai ddeunaw mlynedd o Doriaeth.)

'Ella down ni i ddallt 'yn gilydd eto ar ôl byw ar wahân am sbel,' meddai Delyth wrth ddychwelyd i'w chartref ei hun.

Ar ddechrau'r ymwahaniad, arferent weld ei gilydd yn rheolaidd, ac yna'n achlysurol. Aeth yr achlysuron yn brinnach wrth i argyhoeddiad y naill a'r llall galedu'n styfnigrwydd.

Ddeufis ar ôl iddynt wahanu, anfonodd Delyth lythyr at Alun. Syllodd yntau'n hir ar ei enw a'i gyfeiriad yn ysgrifen ddestlus Delyth. Ofnai ei agor a darllen: 'Annwyl Alun, Tydw i erioed wedi'i chael hi mor anodd i sgwennu llythyr at neb . . . '

Ond y neges annisgwyl oedd fod Clive Roderick yn dioddef o *Aids* ac yn debygol o farw yn ystod y ddwy flynedd nesaf. Trwyddi hi, gofynnai Clive i Alun ymweld ag ef, yn ei gartref ar gyrion Abergwaun 'yn y dyfodol agos, os yn bosib'. Terfynwyd y llythyr gyda'r apêl, 'Wn i nad oes gin ti fawr o feddwl ohono fo, Clive, ond plîs dos. Dydw i ddim yn meddwl dyfari di.'

Nid o gydymdeimlad nac o dosturi yr ufuddhaodd Alun, ond oherwydd y buasai gwrthod yn terfynu ei berthynas ef â Delyth am byth.

Prin fod Alun wedi camu o'r Saab i'r buarth cul o flaen y cyn-ffermdy ac edrych i lawr tua thref a phorthladd Abergwaun, a throstynt ar lwydni'r Iwerydd, nad y daeth Clive allan trwy'r drws ffrynt a'r portico gwydr dan ei gyfarch yn llon.

'Alun! Shwt 'yt ti? Diolch iti am ddod! Rwy' mor falch o dy weld di!'

Trodd Alun ac amau mai abwyd a ddyfeisiwyd gan Delyth oedd yr *Aids* honedig, i'w hudo i gartref Clive, am reswm na fedrai ei ddirnad. 'Sut w't ti, Clive?' holodd yn glaear.

'Syndod o dda, achan.'

Cafodd Alun ei hun yn rhythu ar friw du, fel hen ddolur annwyd yn gwrthod gwella, ar wefus uchaf Clive. Sylwodd fod ei wyneb yn welwach nag o'r blaen, canlyniad rhoi'r gorau i smygu, efallai, a'r croen yn dynnach am yr esgyrn.

'Licet ti weld o gwmpas y stad?' cynigiodd Clive yn siriol. 'Cyn ewn ni miwn am ddished?'

'Iawn,' cydsyniodd Alun.

Roedd golwg llawer mwy glanwaith ar Clive na phan gyfarfyddasant ar Faes yr Eisteddfod. Gwisgai grysbas ledr, ddu dros siwmper las olau a *chinos* lliw coffi hufenog. Am ei draed roedd *Docs* duon.

Tywysodd Clive Alun o'r buarth bach o flaen y tŷ i'r un ehangach y tu ôl iddo. Ni fu iâr yn pigo na da'n pystylad y buarth mawr ers blynyddau maith. Ffurfid ef gan gefn y tŷ ei hun a'r ysgubor gyferbyn ag ef, ac adeiladau isel, cul yn wynebu ei gilydd ar y ddau ben arall.

Lletyid swyddfa Crefftau Dyfed a nwyddau'r fenter yn un o'r

siediau. Gweithdy coed a lledr oedd y llall. Defnyddid llawr isaf yr ysgubor fel stordy a throwyd ei llofft yn stiwdio arlunydd.

Esgynnai grisiau pren, llydan o'r stordy i'r stiwdio – stafell eang a ffenestr fawr yn llenwi rhan helaeth o'i tho onglog ar ochr y buarth. Synnodd Alun. Cymharodd daclusrwydd y stiwdio hon â blerwch amryliw gweithleoedd cyfeillion o arlunwyr yng Nghaerdydd. Yma, roedd bob brws, pensil, pot, tiwb, isl, dalen a darn o gynfas yn ei le priodol.

Nesodd Alun at gyfres o luniau dyfrlliw a hongiai ar y pared llwyd, wrth ben y grisiau.

'Pan ofynnes i i Delyth pam oe't ti'n dala mor grac yn erbyn y Col,' ebe Clive y tu ôl iddo, 'wedodd hi taw achos iti stopo barddoni 'rôl mynd 'co.'

'Un rheswm,' atebodd Alun yn swta.

'Alla' i ddiall 'na,' ebe Clive.

I guddio'i ddicter, rhythodd Alun ar las a gwyrdd paentiad o'r arfordir bronnog rhwng Llanrhystud ac Aberaeron.

Aeth Clive rhagddo: 'Un peth rwy'n ddifaru boiti'r Col. Nag oedd gwersi *art* 'co. O'dd e'n lle philistaidd iawn, rhaid cyfadde.'

'Oedd,' cydsyniodd Alun gan droi a gwenu ar Clive am y tro cyntaf ers chwarter canrif.

Pwysai Clive yn erbyn ymyl bord bren ynghanol y stiwdio. 'Oedd rhaid i fi gloi'n hunan lan mewn *monastery* i ffindo mas bo fi'n gallu peintio,' meddai. 'Falle bydden i wedi ffindio mas ynghynt pe bydden i wedi mynd i'r *sec. mod.* Falle. Falle ddim.'

'Ta waeth. Gwell hwyr na hwyrach,' awgrymodd Alun.

'Ie, sbo. *Seize the day* yw'n *motto* i, Alun. Os ti am neud rhywbeth, gwna fe nawr. Ti byth yn gwbod pryd ceiff popeth 'i gymryd 'ddarnot ti.'

Nodiodd Alun yn chwithig a throi'n ôl at y lluniau.

Daeth Clive draw ato. 'Elli di gael un, os ti'n moyn,' cynigiodd.

'Dala' i chdi, Clive,' ebe Alun dan godi ei ben.

'I beth rwy' i'n moyn arian?' holodd Clive. 'Licen i iti ga'l·un.'

Dewisodd Alun y bronnau arfordirol. Gwnaeth Clive barsel twt o'r darlun gyda phapur llwyd a llinyn, a gadawsant y stiwdio a'r sgubor.

'Wedes i gelwdd wrthot ti gynne fach,' cyfaddefodd Clive wrth iddynt groesi'r buarth at ddrws cefn y tŷ. 'Yn y jàil ddysges i beintio.'

Gwenodd Alun yn ddifalais: 'Mi wt ti wedi ca'l bywyd diddorol.'

'A so fe drosodd 'to. Cweit,' sylwodd Clive gan hebrwng Alun dros y trothwy a'i arwain o'r pasej cwta i'r stafell fyw a oedd wedi traflyncu tair o'r rhai gwreiddiol. Dodrefnwyd hi â chelfi o Oes Victoria ac efelychai'r carped gwingoch, tywyll, y llenni a'r addurniadau chwaeth y cyfnod, heb fod yn fursennaidd hen-ffasiwn.

'Iste,' gwahoddodd Clive, gan amneidio at y soffa ledr fawr. 'Mae 'da fi rhywbeth licen i iti ddisgwl arno fe, tra bydda i'n gwitho te.'

Eisteddodd Alun ac aeth Clive at y ddesg dderw, anferth ger y ffenestr. Meddyliodd Alun y gallasai'r ddesg fod wedi teyrnasu yn swyddfa prif stiward un o stadau'r ardal, neu ym mhencadlys un o farwniaid diwydiannol maes glo'r De.

Dychwelodd Clive gyda llyfryn o faint A3 â chloriau coch amdano. Dyfalodd Alun mai llyfr lloffion ydoedd.

'Clive Roderick – this is your life!' meddai wrtho'i hun.

Ond *Bywyd a Gwaith Alun Tudur Bowen* oedd ar yr wynepglawr a hanes ei yrfa ef ei hun a adroddai'r toriadau a'r ffotograffau o'i fewn.

Mwynhâi Clive ddryswch ei ymwelydd. 'Dyle fe ddod â chwpwl o atgofion melys yn ôl, Alun. Adawa' i iti ddishgwl drwyddo fe,' meddai a gadael y stafell.

Cythryblus oedd teimladau Alun wrth droi'r dalennau trwchus gydag erthyglau, adroddiadau, llythyrau, pytiau a lluniau o amryw gyhoeddiadau wedi eu glynu arnynt, pob eitem wedi ei chofnodi'n glir ac yn gyflawn.

Cylchgrawn y Coleg, y *Western Mail* a'r *Daily Post, Y Cymro, Y Faner, Golwg* . . . Crynodeb o'i anerchiad i gynhadledd yn Turin ar ddyfodol teledu; ysgrif o'i eiddo yn *Taliesin* ar 'Farddoniaeth y Camera'; darnau nawddoglyd amdano o bapurau Llundain; lluniau ohono'n derbyn gwobrau mewn gwyliau yn Ynys Manaw, Brindisi a Huston; dau adroddiad diathrod o *Lol,* y naill am ei lwyddiannau a'i aflwyddiannau fel merchetwr, a'r llall am ffeit rhyngddo ac un o benaethiaid eraill y cwmni ym mharti Nadolig yr Adran Newyddion.

Dychwelodd Clive yn y man gyda llestri te porslen, gwyn ar hambwrdd arian. Roedd rhimyn aur am ymyl y jŵg lefrith a'r cwpanau ac am fol y tebot. Nid ynganodd Alun air nes iddynt ddechrau sipian, pan ofynnodd: 'Pam helist ti'r rhein, Clive?'

'Am bod 'da fi shwt feddwl ohonot ti, Alun,' atebodd Clive heb arlliw o gywilydd na gorchest. 'Rwy' wastod wedi meddwl lot ohonot ti. 'Na pam gofynnes i iti ddod 'ma. Imi gael gweud 'ny wrthot ti. Ma'n siŵr bod ti'n difaru nawr?'

'Nag'dw,' crygodd Alun.

'So ti'n dishgwl yn rhy hapus ta beth!' chwarddodd Clive, 'Felly weda' i beth s'da fi i weud yn glou, cyn iti gwnu a mynd tsha thre. Mantes fowr y cyflwr hyn yw ei fod e'n lladd ofan ynot ti. Ti'n folon gneud pethach feiddiet ti ddim o'r blaen. Weles i ti sawl gwaith yn y Steddfod, oboiti'r Maes, ond oedd ofan arno' i siarad 'da ti nes dest ti miwn i'r stondin. Bues i'n lwcus bod ti wedi trefnu i gwrdd â Delyth 'co, neu byddet ti wedi cerdded bant.

'Byddwn,' cydsyniodd Alun.

Aeth Clive rhagddo gan lefaru'n gyflymach: 'O'n i wastod yn d'edmygu di'n y Col. Oe't ti'n dod 'mlaen mor dda 'da pawb ond nag oe't ti fyth yn manteisio ar 'ny i dwlu dy bwyse boiti'r lle. Oe't ti'n llwyddo ym mhopeth mor ddiymdrech.'

'Rho'r gora iddi, plîs, Clive.'

'Weda' i gwpwl o bethach bach eraill a gia' i 'mhen a gei di fynd. Lan a lawr ma' 'mywyd i wedi bod, fel ti'n gwbod, Alun . . .'

'Hanas pawb . . . '

'Chodes i rioed yn uchel iawn ond gwmpes i'n isel ofnadw, rhai adege. Pan fydden i lan, fydden i wastod yn meddwl: falle bydde Alun yn browd ohona' i. A phan fydden i ar 'y nhin, bydden i'n holi'n hunan: beth fydde Alun am imi neud? Shwt bydde fe am imi ddod mas o hyn?

Tynnodd Alun ymaith y llaw a guddiai ei lygaid.

'Tydw i ddim gymaint o ddyn ag wt ti'n feddwl ydw i,' meddai. Cododd, aeth at y ffenestr a syllu dros y môr fel petai'n chwilio am Iwerddon.

'Fydden i ddim wedi ailgydio yn y Gymraeg 'blaw amdanot ti, Alun,' ebe Clive o'i sedd. 'O'n i'n moyn diall dy raglenni di, ti'n gweld, a beth o'dd pobol yn weud amdanot ti. 'Sdim wedi cyfoethogi 'mywyd i'n fwy na darllen llenyddieth Gymraeg a dysgu am hanes Cymru. Ti'n bownd o fod yn falch o 'ny?'

'Ydw,' atebodd Alun dan edrych drwy'r ffenestr. 'Fasa gin ti ddim meddwl mor uchal ohona' i tasat ti'n gwbod mwy amdana' i.'

'Dished arall?'

'Os gweli di'n dda.'

'Gaf i ofyn ffafar arall iti, Alun?' gofynnodd Clive ar ôl arllwys yr ail gwpaned.

'Be oedd y gynta?'

'Dod 'ma.'

'Gofyn.'

'Darllen rhywbeth 'da fi.'

'*Efo* chdi?'

Cododd Clive a mynd at y cwpwrdd llyfrau mahogani, â'i gefn ar y pared, ger deheulaw'r sawl a eisteddai wrth y ddesg. Dychwelodd gyda chyfrol swmpus, bron gymaint â Beibl teuluaidd. Gwyddai Alun fod y llythrennau aur ar feingefn y llyfr yn datgan *THE COMPLETE WORKS OF WILLIAM SHAKESPEARE.*

Eisteddodd Clive wrth ymyl Alun ar y soffa ac agor y llyfr yn *Act II, Scene I,* man y gorweddai llyfr-nodyn lledr â phatrwm Celtaidd arno.

'Bydde wahanieth 'da ti ddarllen rhan o'r olygfa hyn 'da fi unwaith 'to?' gofynnodd Clive yn bryderus.

'Siŵr iawn,' ebe Alun dan nodio.

''Ddechreuwn ni man hyn,' ebe Clive, a chyfeirio at y cwpled:

'But soft! what light through yonder window breaks?
It is the east, and Juliet is the sun.'

Darllenodd Alun eiriau Romeo a Clive eiriau Juliet a'r Nyrs nes cyrraedd cwpled olaf ond un yr olygfa:

'Sleep dwell upon thine eyes, peace in thy breast! –
Would I were sleep and peace so sweet to rest.'

'Stopwn ni man 'na,' ebe Clive. Caeodd y llyfr a'i osod ar y llawr, ger ei draed. 'Wyt ti'n cofio ni'n mynd am wâc, tsha Ogof

Twm Siôn Cati?'

'Fuon ni fwy nag unwaith . . . '

'Rhyw ddydd Sadwrn pan o'dd y rhan fwya o'r bois lawr 'da'r *squits,* fel bydden ni'n galw *diarrhoea.* Gas y gêm rygbi 'i chanslo, a halon nhw'r rhai ohonon ni o'dd yn dala'n iach mas ar *trek.* Gerddon ni 'da'n gilydd, am sbel, i bracteiso'n llinelle. Wyt ti'n cofio?'

'Brith go,' meddai Alun yn ddidaro.

'Dou beth rwy'n gofio boiti'r wâc 'na. Wedest ti *"Before we started doing this play, Zambuck, I thought you were a total fucking idiot. Now I think you're just an idiot".'*

'Dyna sut oedd *prefect* i fod i siarad efo hogyn llai.'

'Gymeres i e fel *compliment.* Y peth arall rwy'n gofio yw ti'n rhedeg bant ar ôl bois eraill y *First XV,* ar ganol llinell. Rhaid bod ti wedi cael llond bola arno' i. Wyt ti'n cofio 'na?'

'Nag 'dw,' gwadodd Alun dan wrido.

'Pam wyt ti'n cochi 'te?'

'Ydw. Dwi yn cofio,' cyfaddefodd Alun.

'Es i ar goll a ge's i *six of the best* pan ethon ni'n ôl.'

'Dwi'n ymddiheuro.'

'Naf i fadde iti os gnei di addo un peth i mi.'

'Be 'di hwnnw, Clive?'

'Paid rhedeg i ffwrdd oddi wrth Delyth. Mae hi'n cynnig bywyd newydd iti. Citia ynddo fe. Mae hi'n dy garu di fel rwy' i'n dy garu di. Falle dylen i ddim fod wedi gweud 'na. Am Delyth nac amdano i. O'dd rhaid i fi.'

Eifion Maelor

Roedd derbynfa'r *Dderwen* yn wag pan gyrhaeddodd Eifion, a phob pasej a chilfach a bar yn llawn o lymeitwyr. Trawodd fotwm y gloch bres ar gownter y caban heb ddisgwyl i'w thinc gario ymhell dros y trwst Gwenerol, ond ymhen eiliadau, ar hap, efallai, daeth gwraig nobl, bryd tywyll, oddeutu hanner can mlwydd oed o'r *Restaurant,* ar y dde i'r dderbynfa a holi'n siriol:

'Fedra' i'ch helpu chi?'

'Mae gen i apwyntiad efo Paul Stephens, 'mhen chwarter awr, am wyth o'r gloch,' atebodd Eifion. 'Mi ofynnodd imi roi gwbod pan faswn i'n cyrredd.'

'Mr . . . ?' holodd y wraig wrth fynd heibio iddo ac i mewn i'r caban.

'Eifion Maelor.'

Cododd y wraig y ffôn wen ar bared y dderbynfa a deialu. Gwenodd ar Eifion wrth ddisgwyl am atebiad, a phan ddaeth hwnnw: 'Haia, Wendy, Glenys sy' 'ma. Ma' 'na Mr Eifion Maelor yn *reception* i weld Mr Stephens . . . Ia . . . Ia . . . Iawn . . .'

Estynnodd y wraig y teclyn at Eifion dan furmur: 'Ma' Mr Stephens isio gair efo chi,' gan ychwanegu pan gydiodd yntau ynddo: 'Newch chi'n sgiwsio i? Ma' hi fel Ffair Borth yma!' a diflannu i fyny'r grisiau rhwng y dderbynfa a'r stafell fwyta.

Atebodd y cynhyrchydd ei 'helô' gyda, 'Sut wyt ti, uffen? Diolch iti am fod mor *punctual.* Biti na fase 'ne fwy 'run fath â ti ond ma' gynnon ni dipyn bach o broblem. Oedden ni'n gythrel o hwyr yn gorffen ffilmio heddiw'r pnawn – fydd raid inni saethu dwy olygfa eto fory bore, uffen – a 'dan ni ar 'i hôl hi efo'r *interviews* ar gyfer y gyfres nesa – os cewn ni honno sy'n gwestiwn arall, ddeuda' i wrthat ti nes ymlaen. Beth bynnag, faset ti'n meindio, Eif, tasen ni'n cwarfod tua naw?'

'Iawn.'

'Ddrwg gynna' i dy hambygio di fel yma, lad, ond ti'n gwybod sut mae hi'n y busnes 'ma. Mae 'ne barti *end-of-shoot* yn y *banqueting room.* Se ti'n licio mynd drwodd ene, a helpio dy hun i rwbeth i fyta ac yfed? Gewn ni sgwrs gall 'mhen ryw awr?'

''Swn i ddim yn meindio picio draw i'r *George* . . . '

'Syniad da, lad. Dene lle ma' lot o'n gang ni. Ddeudwn ni hanner awr wedi naw?'

Gadawodd Eifion y dafarn a cherdded yn gyflym drwy heidiau o fechgyn a merched uchel eu cloch a lenwai'r strydoedd culion rhwng y *Dderwen* a'r Maes. Roedd hwnnw'n wag ac eithrio'i lampau a'i ddau gerflun, ambell i dacsi a sgeintiad o fforddolion, wrth i Eifion ei groesi o geg ganoloesol Stryd y Castell at y Post Mawr, yr ochr draw. Tu ôl i'r Post chwythai awel fain Stryd Uwchben Cei gyffro aflafar i'w glust – sgrechiadau trydanol Chicago a Llydaw yn cyplu'n y *George.*

Fel yr ymwthiai Eifion trwy ddrysau'r dafarn i fwg a chwys y bar daeth y datganiad i ben i fanllefau cynulleidfa o rafins a chyfryngis.

'Diolch yn fawr,' ebe'r canwr mewn llais angladdol a chôt laes a weddai'n well i fynwent rynllyd nag i dafarn ferwedig. Sylwodd Eifion fod blewiach ei gernau a'i ên bron ddigon llaes i'w galw'n farf.

'Diolch yn fawr. Ma'r gân nesa'n deud hanas gwir-bob-gair am hogyn o Roscô, yn Llydaw, yn dŵad draw i Gymru ar gefn *biniou* i werthu nionod ac ymuno efo band Cymraeg. Joni B. Nionyn.'

Arhosodd Eifion ynghanol y wasgfa, gan adael i ddiasbedain yr offerynnau chwyth a dadwrdd y drymiau a'r gitarau ei feddiannu. Bloeddiai rhai o'i gwmpas sgyrsiau at ei gilydd, ac eraill archebion am ddiod at y tafarnwr a'r ddwy eneth a'i cynorthwyai.

Ddiwedd y gân, yslywennodd Eifion i ganol y rheng flaen a wthiai yn erbyn y bar, a disgwyl ei dro. Daeth hwnnw'n gynt na'i haeddiant, gan i'r tafarnwr trwyngam anwybyddu sgrym o ymofynwyr blaenorol a holi: 'S'mai, Eifion? Be gymi di?'

'Peint o sudd oren a lemonêd, plis, Dic.'

'Dal yn *T.T.?'* holodd y tafarnwr â thinc cyhuddgar yn ei lais.

'Sobor.'

Arllwysodd Dic *George* y sudd i wydryn peint a chwistrellu lemonêd ar ei ben. 'Wedi bod yn gweld yr Hen Go?' holodd wrth osod y gwydryn ar y cownter.

'Ddim heno,' atebodd Eifion. 'Gin i gwarfod efo rhyw gynhyrchydd yn yr *Oak* nes ymlaen.'

'Ge's i rownd efo fo ddoe,' ebe Dic, a sychu chwys oddi ar ei dalcen â chefn ei law.

'Pwy enillodd?'

'Dim syniad. 'Dan ni'n *true Olympians*. Cystadlu sy'n bwysig. Bob pnawn Difia. *Rain or shine*. Fydd o'n sôn lot amdanach chdi.'

'Ro' i ganiad iddo fo dros y penwythnos.'

Agorodd Dic ei geg a'i chau heb yngan gair pan arthiodd styllen o lymeitiwr hagr mewn cap pêl-fâs, tu ôl ymlaen: 'Ffwci-nel, Dic, oes 'na jans am ffwcin peint yn y ffwc lle 'ma cin i'r ffwcin band ailddechra, cont?'

Fel y symudodd Eifion oddi wrth y bar â'i ddiod yn ei ddwrn, daeth gŵr ifanc cydnerth, fu gynnau'n chwarae'r gitâr fas i'w wyneb o'r cyfeiriad arall. Roedd Alan 'Anwar' wedi eillio'i ben yn ddiweddar, fel nad oedd ei wallt ond megis cysgod ar foelni gloyw ei gorun.

'Haia, Eifs!' bloeddiodd Alan dros wbwb y dafarn. 'Sud a'th hi efo Stephens?'

'Dwi'm 'di weld o eto. Sut gwyddet ti bod gen i ddêt efo fo?' gwaeddodd Eifion yn ôl.

'Pawb yn gwbod bod o'n meddwl gneud ffilm o dy nofal di.'

'Dwi'n ame y gneith o fwy na meddwl.'

'Mi neith o, os 'dio'n gall. Fasa rhein fan hyn,' – amneidiodd at y dorf o'u cwmpas – 'yn mynd i weld ffilm Gymraeg am *serial killer*. 'Sgynnyn nhw ddim intres mewn ffilmia am estalwm a pawb yn mynd i capal ac yn gweithio'n chwaral, ne' Radag Rhyfal a pawb yn ffrindia ac yn grando ar Glen Miller. A no-wê ydyn nhw'n mynd i ddarllan dy lyfr di. Ti'n gwbod be ddeudodd Brian Paraffîn wrtha' i pan ddangosis i o iddo fo? "Ffwci-nel, Al, mae o fath â fforin langwij. Fasa gin i fwy o jans dallt llyfr Ffrensh, cont." Tydi Paraffîn ddim yn sdiwpid. Mae o'n darllan lot. Stephen King, Terry Pratchet, Aldous Huxley . . . Ma' 'na sôn am 'i gyfieithu o i Seusnag, am bo chdi 'di ennill y preis 'na? Fasa hogia fath â Paraffîn yn ddarllan o wedyn. Ac ella basan nhw'n trio'i ddarllan o'n Gymraeg, efo'r un Seusnag i helpu nhw i ddallt. Rhaid imi fynd am wagiad cyn set nesa.

Ma' 'na rei ti'n nabod o flaen stêj.'

Mordwyodd Eifion drwy'r cerrynt cnawdol, twym nes cyrraedd casgliad o fyrddau a glosiwyd at ei gilydd ychydig droedfeddi oddi wrth y llwyfan. Roedd honno'n dywyll am y tro, cerddorion Breizhblues yn trafod poteli, peintiau a ffags, a'u hofferynnau'n segur.

Ger y byrddau eisteddai actores, awdures, coluryddes, llanc a dwy eneth â blaenau eu traed yn y cyfryngau, a dau brifardd. Roedd un o'r rhain yn gadeiriog ac yn barchus mewn crys rygbi Llanelli a jîns, a'r llall yn goronedig ac yn amheus mewn siwt, crys a thei – tanseiliai direidi'r wyneb bachgennaidd a llawnder y bol siôncornaidd ddelwedd y dyn o *C&A*.

Ymunodd Eifion â'r cyfryngwyr fel y disgrifiai'r *louche*fardd un o uchelfannau ei ymweliad diweddaraf â'r Unol Daleithiau: ' . . . yn y dauddega a'r tridega, Gwilym oedd prif-glarc cwmni cig mwya Chicago, ac am 'i fod o'n Galfin cadarn, yn llwyrymwrthodwr – fel ma' Eifion 'ma – ac yn ŵr priod, parchus . . . '

'Fel ma' Eifion 'ma,' coegodd yr awdures lygatddu.

' . . . pan ddeudodd rhyw gowboi wrth fòs Gwilym, ar ôl gwerthu miloedd o wartheg iddo fo, 'i fod o isio noson *on the town*. Gwil gaeth y job o fynd â hwnnw rownd y *speak-easies* a'r clybia. Ar ôl 'i dal hi'n rhacs, mi ddeudodd y cowboi 'i fod o isio gamblo, ac mi aeth Gwil â fo i gasino anghyfreithlon oedd newydd agor, lle collodd y cowboi ddwy fil ar bymthag o ddoleri cyn i Gwilym fedru'i berswadio fo i fynd yn ôl i'r hotel.

Ar y ffor allan, tra oedd y cowboi'n y lle chwech, dyma 'na Italian llydan, seimlyd, efo llygid fel dwy rasal a gwên fel siarc yn dŵad at Gwilym ac yn ysgwyd 'i law o'n glên. "Gobeithio bod chdi a dy ffrind wedi mwynhau'ch hunin," medda'r *hood* a stwffio mil o ddoleri i bocad 'i frest o. "Cofia cei di bresant bob tro dei di â chwsmar fel'na yma." A dyna sut 'sgwydis i law dyn 'sgwydodd law Al Capone.'

Casglodd y cadeirfardd archebion a throi at Eifion cyn cychwyn am y bar. 'Dwi'n falch iawn bod nhw wedi gwobrwyo'r *Deintydd*. Da iawn chdi, Eifion.'

'Beth ma' fe wedi neud nawr?' holodd Ceri Bifan, yr actores, gan ddiweddu ei sgwrs â'r goluryddes ar hanner brawddeg.

''I nofal o wedi ennill gwobr Llyfr y Flwyddyn,' eglurodd yr awdures.

'Glywes i,' ebe Ceri. 'Llongyfarchiade, Eifion. Joies i hi. Ti'n sgrifennu am nawr, heb ddim o sentimentalieth plentynnaidd, arferol nofel Gymraeg. Mae'n secsist a gwrth-fenywaidd, wrth gwrs . . . '

'Paid â malu cachu, Ceri!' ffrwydrodd y Prifardd Coronog.

'Bydden i ddim yn disgwyl i *ti* gytuno â fi.'

''Swn i'n deud bod y merched yn rhy neisi-neis, ar y cyfan,' sylwodd yr awdures.

'Ti wedi profi 'mhwynt i!' llefodd Ceri yn fuddugoliaethus. 'Mae'r menywod un ai'n *victims* diniwed neu'n wrachod, fel mam y boi hyn ffilodd roi maldod iddo fe pan oedd e'n grwt, a'i wraig e, fuodd yn anffyddlon.'

'Tydi tad Brandon Griffiths ddim yn gymeriad deniadol iawn,' anghytunodd yr awdures.

'Dyn bach dan fawd 'i wraig,' crechwenodd Ceri. 'Mae dynion yn bownd o gydymdeimlo ac uniaethu ag e a'i fab. A mwynhau'r wefr o ddarllen am Brandon yn dial ar fenywod trwy dreisio a'u lladd nhw – waeth pa mor oleuedig maen nhw'n feddwl 'u bod nhw.'

'Be mae'r awdur yn ddeud?' holodd y Prifardd Coronog gan droi at Eifion.

'Taswn i am sgrifennu nofel am Natsi sy'n mwynhau arteithio Iddewon, fase'n rhaid imi neud i mi'n hun feddwl a theimlo fel Natsi. Fase hynny ddim yn 'i gneud hi'n nofel Natsïaidd. Rhaid iti feirniadu pob gwaith yn 'i gyfanrwydd.'

'Feta' i bydde'r Iddewon yn codi stŵr 'taet ti'n 'u beio nhw am achosi'u herledigaeth 'u hunain,' haerodd Ceri.

'Dwi ddim yn beio neb,' mynnodd Eifion. 'Disgrifio . . . '

'O safbwynt gwrywaidd,' mynnodd yr actores.

'Sut fedra' i beidio?'

'Yn gwmws!' llefodd hithau. 'A 'na pam mae'r menywod yn cael 'u portreadu fel gwrachod neu *victims*.'

'Dyna be 'di rhywun sy'n cael 'i reibio neu'i ladd, siŵr dduw!' bloeddiodd y Coronedig, a'i wyneb fel haul coch, cynddeiriog. 'Beth bynnag ydi'i ryw o neu hi!'

'Fedri di ddim deud bod yr hogan mae o'n 'mosod arni wrth

iddi loncian yn *victim,*' haerodd yr awdures. 'Mae hi'n 'i leinio fo, yn rhedag ar 'i ôl o, yn hel tystiolaeth yn 'i erbyn o, ac yn mentro'i bywyd wrth helpu'r polîs i'w ddal o.'

'*Fantasy figure,*' atebodd Ceri'n hyderus. 'Un o'r *Gladiators.* Ochor arall y geiniog.'

'Ma' gin y geiniog yma dair ochor,' gwawdiodd y Prifardd Coronog.

'Ti'n gwbod beth rwy'n feddwl,' ebe Ceri dan wgu. 'Gwyryf/hwren, gwraig/meistres, *victim*/arwres.'

'Mae hi ynon ni i gyd, yn ddynion a merched, i fod yn dreiswyr ac yn sglyfaeth,' meddai Eifion. 'Mae'n dibynnu ar yr amgylchiade.'

'Ishte ar y ffens, fel arfer,' edliwodd Ceri.

'Y lle gore i weld i ddau gae,' atebodd Eifion.

'Be dwi'n lecio am y nofal,' meddai'r Coronedig, 'ydi 'i bod hi'n dadlennu rhagrith a philistiaeth y dosbarth canol Cymraeg. Mae Brandon Griffiths yn Gymro da, efo gwraig neis, merch sy'n canu'r delyn a mab sy'n chwaraeewr rygbi addawol. Capelwr, hoelan wyth y Cylch Cinio Cymraeg, aelod o'r Orsedd ac o Gyngor y Steddfod Genedlaethol, Is-lywydd yr Urdd, deintydd llwyddiannus a phartnar mewn busnas sy' wedi creu dwsina o swyddi yng nghefn gwlad . . . '

'Dim ond un peth sy' ar goll, Eifion,' ategodd yr awdures gyda chipdrem goeglyd at y prifardd. 'Tydi o ddim yn y tîm Talwrn y Beirdd lleol.'

'Tydw i ddim yn gynganeddwr digon da,' ymesgusododd Eifion.

Dychwelodd y Prifardd Cadeiriog gydag hambyrddaid o ddiodydd a chwalodd y ddadl yn nifer o sgyrsiau.

'Mi fyddwch yn 'i chychwyn hi am Giwba'n o fuan?' ebe'r Coronog wrth Eifion.

''Mhen rhyw fis,' cadarnhaodd Eifion.

'Am hannar blwyddyn?'

'Ie.'

'Gwyn 'ych byd chi. Ma' Cymru mor blydi bach. Gyn lleiad o Gymry Cymraeg, llai fyth yn darllan yr iaith, a dim ond dyrnad o'r rheini'n dallt be ti'n drio'i ddeud.'

Hylldremiodd y prifardd i gyfeiriad Ceri Bifan gan

ychwanegu dan ei anadl: 'Heb sôn am ffycars dwl sy' ddim isio dallt!' Aeth i hwyl angerddol: 'Mae'n rhaid i feirdd a llenorion Cymru fabwysiadu ail famwlad, neu mi awn ni mor gul a mewnblyg, 'ddiflannwn ni i fyny twll tina'n hunin.'

Am chwarter wedi naw, cyhoeddodd Eifion ei fod am ddychwelyd i'r *Dderwen.*

'Gaf i ddod 'da ti?' gofynnodd Ceri. 'Bydd y bwyd wedi cwpla os sefa' i man hyn tan *stop-tap*. Rwy'n starfo.'

Gwenodd y lleill ar ei gilydd wrth i Eifion a Ceri ymadael.

Roedd Ceri Bifan cyn ddeled â *Barbie,* ei gwallt cwta cyn felyned â llywethau'r ddoli boblogaidd honno, a'i llygaid cyn lased â'i rhai hi. Ond petai *Barbie*'n fenyw o gig a gwaed, buasai o leiaf droedfedd yn dalach na'r actores.

'Alla' i mo help shwt rwy'n dishgwl,' achwynai Ceri pan awgrymid wrthi nad oedd y merched a bortreadai yn cydweddu â'i daliadau ffeministaidd hi ei hun. 'Cynhyrch*wyr,* Cyfarwydd*wyr* a Chomisiyn*wyr* sy' wedi penderfynu taw dim ond dwy rôl alla' i whare: *The Sex Symbol of Welsh Comedy* neu *The Comedy Symbol of Welsh Sex.*

'Sawl pennod o'r gyfres ge'st ti?' holodd Eifion wrth iddynt gerdded tua'r Maes.

'Dim ond un,' atebodd Ceri, 'ond ma' Stephens am imi fod yn y gyfres nesa ar 'i hyd. Clyw, Eifion, mae'n flin 'da fi am beth wedes i'n y dafarn. Oedd dim hawl 'da fi i siarad fel'na 'da ti. Rwy' bach yn feddw ond so 'na'n esgus. Beth sy'n hala i'n grac yw clywed cymaint o bobol y dyddie hyn yn beio holl ddryge cymdeithas ar fenywod sy' ddim yn folon derbyn rôl draddodiadol fel gwraig a mam. Mae *backlash* ar gerdded yn erbyn popeth 'ni wedi ennill yn ystod yr ugain mlynedd diwethaf. So i'n meddwl bod ti'n *beio* mam a gwraig y bachan am 'i drosedde fe, ond bydd lot o ddynon yn gneud 'ny. A menywod.'

''Ddarllenes i am ryw nytar yn llofruddio pobol am fod un o ganeuon y *Beatles* yn deud wrtho fo am neud hynny,' sylwodd Eifion.

'So ti'n dial ar dy fam yn y nofel hyn?'

'Ymddiswyddo nath Mam. Dim 'ngwthio i'n rhy galad a gosod targeda doedd gen i ddim gobaith i'w cyrredd nhw.'

'Nac wyt ti wedi madde iddi, wyt ti, Eifion? Nac i dy dad?'

'To lose one parent may be regarded as misfortune; to lose both looks like an unfair advantage.'

Roedd y Maes fel neuadd wag â nenfwd blwm arni. Fe'i croesasant heb yngan gair nes i Ceri awgrymu eu bod yn cylchu'r castell a muriau'r dref, er mwyn i awel y môr ei sobri.

'Ei di i Giwba os cynigith Stephens gomisiwn iti?' holodd yr actores yng nghysgod un o dyrau'r castell.

'Siŵr iawn. Alle hi fod yn amser inni ddod adre erbyn y câi o *go-ahead* gan S4C. Os cytunan nhw cyn hynny, waeth imi ddechre sgrifennu yno nag yma.'

'Beth yw'r job mae Menna wedi'i gael 'co.'

'Sefydlu cyrsie hyfforddi cyfieithwyr, ar gyfer y diwydiant ymwelwyr.'

'A tithe'n sgrifennu?'

'Ac yn chwynnu coed orene.'

'Neis iawn. Shwt cwrddest ti â Menna?'

'Mewn caffi ym Mangor, rhyw fora Sadwrn, pan o'n i'n rhannu tŷ efo Alun 'Anwar' a dau ddrygi arall. Fu raid imi fynd â fo i Ysbyty Gwynedd, noson cynt, a doedd gen i ddim stumog i fynd adre am fod y lle'n chwd ac yn waed i gyd. Ma' raid 'mod i'n edrych fel brych. Steddes i wrth yr un bwrdd â Menna ac mi ofynnodd hi os o'n i'n teimlo'n iawn.'

''Ych chi'n bartneriaid? Partneried busnes, rwy'n feddwl?'

'Ma' Menna'n talu cyflog imi am waith clerigol, a chyfieithu.'

Safasant am ychydig funudau gan syllu ar Ynys Môn yn gorwedd ar ei bol yn y dŵr fel crocodeil anferthol, du.

'Sut un i weithio efo fo ydi Paul Stephens?' gofynnodd Eifion.

'Mae e'n neis iawn 'da pawb ar hyn o bryd,' atebodd Ceri. ''Rôl y busnes 'da Mari.'

'Pa fusnes? Pwy 'di Mari?'

'So sgandals y cyfrynge'n 'ych cyrredd chi lan 'co'n y mynydde! Mari yw'r *P.A.* oedd 'da Stephens o flaen Wendy. A'i feistres e am 'boiti deng mlynedd. 'Whech mish yn ôl, gas hi e i adael 'i wraig – fel oedd e wedi addo, ers ache. Ond mae Barbara'n yffach o fenyw gre. Gododd hi ddiawl o ffws. Ffôno nhw lan bob awr o'r dydd a'r nos. Dod i'w swyddfa fe 'da'r plant a'u gadael nhw 'co. 'Rôl 'i alw e a Mari'n bopeth, o flaen pawb. Y strocen ore oedd arllwys galwyn o gloss melyn dros 'i Merc coch e. Benderfynodd Stephens i fynd 'nôl ati, 'rôl 'na.'

'Be ddigwyddodd i Mari?'

'Gas e job iddi 'da *Barcud.*'

''Swn i'n disgwl i brofiade fel yna neud dyn braidd yn flin?'

'Siŵr o fod, ond all e ddim dangos 'ny, achos bod e'n gwbod bod ni'n gwbod mor wael handlodd e'r busnes.'

''Ddaeth Wendy i weld rhyw berfformiad gan *Ar-y-Cyd,* pan o'n i efo nhw,' meddai Eifion yn synfyfyriol.

'Merch gall,' sylwodd Ceri. 'So i'n meddwl cymeriff hi unrhyw hen nonsens 'da Stephens.'

'Ty'd,' ebe Eifion ac ailgychwynnodd y ddau gerdded ar hyd y rhodfa ac oerni iachus y gwynt ar eu hwynebau.

'Rwy'n cofio rhyw actor o Loegr yn sôn wrtho' i am 'i wraig yn cael *miscarriage,*' ebe Ceri, yn y man. 'Roedd hi wedi mynd saith mish, ac fe gynghorodd bois yr ambiwlans e i fynd tsha'r ysbyty yn 'i gar 'i hunan, achos alle fe weld pethach bydde'n well 'da fe 'u hanghofio. Aeth e 'da nhw, serch hynny. Achos bod e am fod 'da'i wraig ar adeg gwael iddi. A hefyd, roedd e'n dala i deimlo'n euog am hyn, achos bod llaish bach yng nghefen 'i ben e'n gweud wrtho fe galle fe iwso'r profiad rhywbryd. Nage dim byd mor amrwd ag acto gŵr mae'i wraig e'n erthylu oedd e'n feddwl, ond y tryblith o deimlade. Pam wedes i 'na wrthot ti? O, ie, pan ddarllenes i'r *Deintydd,* ddalltes i pam arhosest ti 'da fi gyhyd, er bo fi'n rhoi shwt amser caled iti.'

Roedd dros ddeg ar hugain o actorion, technegwyr, ymchwilwyr, negeseuwyr, cariadon, cyfeillion ac eraill yn *Function Room* y *Dderwen* pan gyrhaeddodd Ceri ac Eifion. Safai neu eisteddai'r rhan fwyaf yn grwpiau parablus tra porai dau neu dri ymhlith y cigoedd, brechdanau, pasteiod, coesau cyw iâr, salad, treiffls a danteithion eraill a arlwywyd ar liain gwyn y bwrdd hir ym mhen pellaf y stafell.

'Negas gin Wendy, Eifion,' ebe Glenys, a arolygai'r byffe. 'Ma'n nhw jest â darfod. 'Ddaw hi i lawr i'ch nôl chi pan fyddan nhw'n barod.'

'Chymra' i ddim byd i fyta nes bydda i wedi'i weld o,' ebe Eifion wrth Ceri a oedd eisoes yn llwytho'i phlat.

'Pob lwc, Eifion,' ebe'r actores dan grychu ei llygaid wrth

wenu.

Edrychodd Eifion o amgylch y stafell a gweld Derfel Parri wrth fwrdd ynghanol y stafell, golwg bwdlyd ar ei wyneb a neb ond ei beint yn gwmni iddo. Dichon mai Derfel oedd actor Cymraeg mwyaf golygus ei genhedlaeth. Bymtheg mlynedd yn ôl, ar ddechrau ei yrfa, atgoffai y to hŷn ymhlith ei edmygwyr o David Lloyd neu Ivor Novello ym mlodau eu dyddiau. Bryd hynny, gofynnid iddo bortreadu cenedlaetholwyr ifainc, penboeth a gweinidogion yr Efengyl rhamantus, delfrydgar. Bellach, â'i wyneb wedi llenwi'n llyfn, argyhoeddai fel bargyfreithiwr, dyn busnes llygredig neu Weinidog y Goron.

Roedd Derfel yn awdur sgriptiau gafaelgar. Ffrwyth diweddaraf ei ddawn oedd y gyfres 'SOS – Galw Harri Tryfan', yr oedd cwmni *Ap Steffan* bron â chwblhau ffilmio ei phennod olaf.

Bu'r Ditectif-Ringyll Harri T. Jones yn aelod bodlon o *C.I.D.* Glannau Mersi am ymron i ddeng mlynedd, nes i hiraeth am Gymru ac awydd i'w blant gael magwraeth Gymraeg ei dynnu'n ôl i Wynedd. Hogwyd sgiliau ditectyddol Harri yn llym ymhlith y Sgowsars llawflewog, ffraeth. Daeth yn hyfedr â'i ddyrnau a thu ôl i lyw car cyflym. Mwy defnyddiol na'r cymwysterau hynny, fodd bynnag, yw cyfeillgarwch Harri Tryfan, o ddyddiau'r ysgol gynradd, â Ben y Bugail (Derfel Parri). Mae adnabyddiaeth Ben o fynyddoedd Eryri, y gymdeithas wledig a chlustnodau defaid, heb sôn am ei fedrusrwydd diarhebol fel heliwr a physgotwr, yn gymorth sicrach at ddatrys achosion troseddol na chyfrifiadur mwyaf pwerus Bae Colwyn. Ac oni bai bod y gwerinwr diymhongar wedi ei drwytho yng nghyfrinion Cerdd Dafod, buasai llofrudd aelod amlwg o Orsedd Beirdd Ynys Prydain, yn dal â'i draed yn rhydd.

'Eifion Maelor!' llefodd Derfel wrth i Eifion eistedd ar y gadair gyferbyn ag ef. 'Be ma' hogyn da fel chdi'n neud yn y Gehenna yma?'

'Paul Stephens ofynnodd imi alw am sgwrs,' atebodd Eifion gan edrych ar ei watsh.

'Hmh! Efe!' ebychodd yr actor ac ymsuddo ym mustl ei fyfyrion.

'Sut aeth hi heddiw?' gofynnodd Eifion yn y man. 'A'r *shoot* i gyd, o ran hynny?'

'Ffwcedig.'

Pwysodd yr actor ei gefn ar gefn ei gadair ac astudio wyneb y gŵr ifanc. Dododd ei benelinoedd ar y bwrdd a'i ên ar ei ddyrnau plethedig gan amneidio ar Eifion i wrando'n astud ar ei eiriau.

'Newydd ddechra yn y gêm yma wt ti, was,' meddai Derfel Parri'n dadol a llyncu jòch o lager cryf. 'Wel, cym di air o gyngor gin rywun sy' wedi bod yn'i am sbel. Paid â thrystio ffwcin cynhyrchwyr, waeth pa mor wên-deg ydyn nhw. Bastads clwyddog, pump-wynebog. Dynion bach, bach, didalant, yn manteisio ar bobol greadigol fath â chdi a fi. Dynion busnas, *has-beens* adranna newyddion, fath ag ene-nene,' amneidiodd Derfel at y nenfwd a Paul Stephens, 'sy'n 'yn hiwsio ni i neud 'i ffortiwn.'

Gwgodd Derfel o amgylch y stafell, fel petai holl wasanaethyddion *Ap Steffan* a'u cyfeillion dan y lach. Aeth yn ei flaen: 'Faswn i ddim yn edliw, tasa nhw'n bodloni ar neud syms a chadw trefn ar y llyfra – ma' isio rhywun i neud hynny, siŵr dduw – be sy'n dân ar 'y nghroen i ydi eu bod nhw'n 'myrryd efo'n gwaith ni. Fedran nhw ddim creu cymeriada na dyfeisio straeon 'u hunan. Rhaid iddyn nhw'n talu ni – gin lleiad fedran nhw – i neud hynny. Iddyn nhw wedyn gael mowldio'r sgript i ffitio'u ffantasïa afiach. Ne' yn be ma'n nhw, yn 'u hanffaeledi-grwydd, yn feddwl blesith "Mrs Jôs Llanrug". Cym di be nath o i'r bennod ddwetha 'ma. Merch ifanc, Cymraes wedi'i magu'n Llundan, yn prynu ffarm fynydd yn pen yma ac yn cael 'i chyhuddo, ar gam, o dyfu canabis a'i hwrjo fo i bobol ifanc yr ardal, ar ôl i'r hipis oedd yno o'i blaen hi blannu'r stwff.

Yn y drafft cynta, roedd hi'n mynd efo athro ysgol lleol gaeth lond twll tin o ofn pan ddaeth y slobs i'w holi o, a gwllwng Gwenllian yn y cach er mwyn achub 'i groen 'i hun, a chael y swydd prifathro roedd o'n cynnig amdani. Ofynnodd Efe imi newid hynny, fel 'i bod hi a Ben yn cael jig-jig. "Iawn, Paul," medda fi. "Dim problam." Er bod raid imi newid y sgript o'r cwr.

Gari ffycin Casparoff ddyla enw'r cont yna fod. Mae o'n

meddwl ugian mŵf o flaen pobol onast, ddiniwad fath â chdi a fi. Mae o isio Ceri'n y gyfres nesa ar 'i hyd tydi? Ma' hi wrth 'i bodd, wrth gwrs, a wela' i ddim bai arni, ond ma'r sglyfath wedi penderfynu, rŵan, sut straeon fydd yn y gyfres nesa, a sut bydd raid imi'u sgwennu nhw.

"Ma' gin pob cyfres dditectif werth sôn amdani eneth ddel yn helpu'r dyn," medda fo. "Ffwcio pob cyfres arall, Stephens," medda fi. "I'r diawl â dy fformiwlas di. Be dwi'n drio'i neud ydi darlunio'r gymdeithas dwi'n byw yn'i mor onast â medra' i. Mi fydd stwffio *love-interest* ystrydebol i mewn i bob pennod fel tollti siwgwr i beint o Guinness!"

'Biti,' meddai Eifion. ' "Harri Tryfan" ydi un o'r pethe gore dwi 'di weld ar S4C. Dwi'n lecio'r ffordd mae Harri'n gorfod cadw'r ddysgl yn wastad rhwng gwahanol groestyniade. Y gyfraith – a'i gydwybod ei hun. Plismyn gwrth-Gymreig – a Chymry da sy'n grwcs. Y ffors – a'i wraig a'i deulu. Y peth tebyca i Chandler a Dashiel Hammet yn Gymraeg.'

Addfwynodd Derfel Parri yng ngwres y ganmoliaeth. 'Diolch yn fawr iti, Eifion,' meddai'n deimladwy. 'Diolch yn fawr iawn ichdi, was. Ma' hi'n codi 'nghalon i i glywad sgwennwr arall yn gwerthfawrogi 'ngwaith i. Diawlad gwenwynllyd ydi'r rhan fwya.'

Daeth banllefau, sgrechiadau benywaidd a chwerthin uchel o fwrdd cyfagos. Cuchiodd Derfel i gyfeiriad y rhialtwch.

'Yr Artist yn ffwcin Philistia,' sgyrnygodd a throi'n ôl at Eifion. 'Ma'r busnas 'ma'n llawn o bobol wenwynllyd,' meddai, gan gymryd dracht arall o lager a sychu ei wefusau â'i law. 'Yn barod i roi cyllall yn dy gefn di, os cân' nhw hannar cyfla.'

'Mi gafodd y gyfres gynta lot o ganmolieth,' meddai Eifion yn gymodlon.

'Do,' cytunodd Derfel gan feirioli drachefn. 'Mi oedd "y gwylwyr cyffredin" fel byddan nhw'n deud, a phobol sy'n dallt be-di-be, wrth 'u bodda. "Y genhedlaeth o wiberod" weli di mewn lle fel hyn sy'n anodd i'w plesio . . . '

Fel yr edrychai Derfel o amgylch y stafell, troes ei guch yn wên a chwarddodd yn braf: ' "Mân us y cloriannau", Eifs, "a chwyth y gwynt ymaith". Be sy' gin ti ar y gweill, 'rhen goes?'

'Ymchwil ar gyfer nofel am fy hen-hen-hen-hen nain. Ganed

1810. Bu farw 1895.'

'Dynas go arbennig?'

'Hi sylfaenodd fusnes teulu 'Nhad. "Huws Heuar" fel bydd pobol y dre 'ma'n 'i alw fo. Mi adawodd hi lwyth o bapure, llythyre a dyddiaduron ar 'i hôl. Heb sôn am y cyfeiriade ati yng nghofnodion y capel a gwahanol gymdeithase, a cho'r teulu.'

''Dan ni Gymry'n sgut am edrach yn ôl,' sylwodd Derfel yn nawddoglyd.

'Does 'ne ddim pwynt yn hynny, 'blaw bod rhywun yn chwilio am gliwie pam yden ni fel ryden ni heddiw,' atebodd Eifion.

'Er mwyn sgwennu dy nofel y gadewist ti *Ar-y-Cyd?*' gofynnodd Derfel.

'Nage. Doeddwn i ddim yn gweld dyfodol imi yno, 'blaw bo fi'n barod i sgwennu'u math nhw o ddrama.'

'Lle gwell medrat ti ddechra?' awgrymodd Derfel.

'Mi ddysgis i lot,' cydsyniodd Eifion. 'Jest bo fi'n gweld y sioea y gweithis i arnyn nhw braidd yn gwynfanllyd.'

'Cwynfanllyd?'

'Cwyno fod y Saeson yn difa'r Gymraeg a'r Cymry'n ormod o gachwrs i'w stopio nhw yn "O Bydded i'r Heniaith". Cwyno fod y Toriaid yn chwalu'r *N.H.S.* a'r werin yn rhy ddi-asgwrn-cefn i'w amddiffyn o yn "Iechyd Gwell" . . .'

'Faswn i'n deud bod hynny'n ddisgrifiad teg iawn o'r sefyllfa.'

'Ma'n gorsymleiddio, Derfel.'

'Ma'r gwirionadd bob amsar yn rhy syml i bobol fasa'n well gynnyn nhw'i anwybyddu o.'

''Sgen i ddim byd yn erbyn *agit-prop* – ond ma'n rhaid iddo fo roi awgrym, o leia, i'r gynulleidfa, be fedrwn ni neud i gael gwared â'r anghyfiawnder. Tydi sgriptie *Ar-y-Cyd* ddim yn gneud hynny. Dim ond cyhuddo'r Cymry o fod yn llwfr a pheri iddyn nhw deimlo'n euog. Ma' hynny'n 'u gneud nhw'n fwy diymadferth . . .'

'Neu'n 'u sbarduno nhw i weithredu?'

'Sut? Tydi *Ar-y-Cyd* byth yn cynnig arweiniad. A beth bynnag, pwy yden ni i gyhuddo pobol o fod yn llwfr? Be yden ni'n neud dros yr iaith neu'r gwasaneth iechyd neu unrhyw beth arall?'

'Mi wt ti'n sylweddoli 'mod i'n un o sylfaenwyr *Ar-y-Cyd*, ac yn dal yn aelod o'r Pwyllgor Artistig?'

'Dwi ddim yn dy feirniadu di'n bersonol, Derfel.'

'Mi wt ti'n deud 'mod i a phobol debyg imi'n wastio'n hamsar? Nad ydi'n cyfraniad ni i barhad yr iaith Gymraeg yn werth pacad o grups gwag?'

'Rhoi 'marn onest ar ddau gynhyrchiad diweddar 'nes i.'

Bytheiriodd Derfel Parri i wyneb Eifion: 'Mi wrandawa' i ar feirniadaeth adeiladol gin rhywun sy'n gwbod rwbath am sgwennu. Ond nid gin gyw nofelydd, wedi 'i fagu o fewn dau gae i Loegar ac yn gwbod nesa peth i ddim am werin Cymru. Paid â meddwl nad ydan ni'n gweld trw' dy esgusion tila di dros droi cefn ar *Ar-y-Cyd*. Ffendio dynas gefnog nest ti, 'te? I dy gynnal di tra wt ti'n sgwennu dy nofela elitaidd, neith neb ond y crach 'u darllan!'

'Fydd hi fyth yn ymyrryd efo 'ngwaith i,' ebe Eifion gan syllu'n ôl i wyneb Derfel. 'Byth yn deud wrtha' i am beth ga' i sgwennu, nac am beth ga' i ddim.'

Wrth godi ar ei draed gwelodd ferch mewn siwmper goch a jîns melfaréd du, ger y drws, yn codi ei llaw arno.

'Ffyc off,' ebe Derfel Parri.

'Dwi'n meddwl bod Wendy'n chwilio amdana' i,' ebe Eifion. 'Neis siarad efo chdi, Derfel.'

Camodd Eifion rhwng byrddeidiau o gyfryngwyr llon at y ferch ifanc oleubryd a'i denai ar draws y stafell.

'Ddrwg gin i bo chdi wedi gorfod disgwl gimint, Eifion,' ymddiheurodd Wendy.

'Iawn,' atebodd yntau a gadael i gynhesrwydd ei gwên a diffuantrwydd ei llygaid gwyrddlas ei swyno unwaith eto.

* * *

Un o feibion teulu Huws Heuar ydi 'Nhad. Taswn i wedi'n magu'n dre 'ma, mae'n debyg ma' 'Eifon Heuar' faswn i. Tyden nhw ddim yn lecio 'mod i wedi gollwng yr Hughes. 'Ma' Eifion Maelor yn swnio'n debycach i le nag i ddyn,' medda Yncl Eric.

Beth bynnag, roedd Eric a John yn y busnes yn barod, felly aeth

'Nhad i'r Normal a chael swydd ar ôl gadael mewn ysgol gynradd ym Mryn Glas. Mi aeth i lojins efo Mrs Owen, gwraig weddw, oedd yn ffrindie mawr efo 'nhaid a nain, Ned Porthmadog a Mair. Roedd gen Mrs Owen ferch, Sandra, hogan ddel iawn.

Deunaw oed oedd Sandra ac yn gweithio fel receptionist *i ddentist yn Nhre-ffin. Roedd hi wedi gwirioni efo Alun, 'Nhad, a fynta efo hithe, ac mi wirionodd Ned a Mair a Mrs Owen pan ddechreuon nhw fynd allan efo'i gilydd.*

Toedden nhw ddim cweit mor hapus pan ddeudodd Sandra 'i bod hi'n disgwyl. Mi oedd teulu 'Nhad o'u coea. Wydden nhw ddim 'i fod o'n canlyn. Oedden nhw'n siŵr bod 'gang Bryn Glas' wedi mynd ati i drapio'r hogyn am 'i fod o'n dŵad o deulu mor gefnog a pharchus.

Daeth pawb yn ffrindie erbyn y briodas, un grand, yng Nghapel Mawr Bryn Glas, ond pharodd hynny ddim yn hir. Toedd hi ddim yn briodas hapus. Pan o'n i'n wyth oed, mi adawodd Mam ni a mynd i fyw at ddyn busnes, estate agent, *o Dre-ffin. Briodon nhw wedyn. Es i i fyw at Taid a Nain pan ddigwyddodd hynny. Trefniant dros dro oedd o i fod, nes i bethe setlo rhwng Dad a Mam. Ond yno bues i.*

'Gynigiodd 'Nhad imi fynd efo fo pan nath 'i frodyr o le yn y busnes iddo fo, ond phwysodd o ddim arna' i. Dwi'm yn 'i feio fo. Roedd hi'n haws iddo fo ffendio rhywun arall yn lle Mam, hebdda' i. Ac o'n i'n hapus efo Taid a Nain ac wedi dechre'n yr ysgol uwchradd, erbyn iddo fo adael Bryn Glas.

Fyddwn i'n dŵad ato fo bob holides. Dyna pryd gweles i chdi am y tro cynta. Yng nghyngerdd Nadolig y capel. Roeddet ti'n bymtheg oed. 'A nesa, mi gawn ni unawd ar y piano gan Wendy Jones, Nocturne number 2 in E flat, *gan Chopin.'*

Chopin fu fy hoff gerddor i byth wedyn. Angerdd a disgyblaeth. Teimladrwydd a chwaeth ddi-ffael. Brynes i gasét o Artur Rubinstein yn chwarae'r Nocturnes *ar ôl mynd adre. Am hir iawn wedyn, mi fyddwn i'n breuddwydio amdanat ti'n chware hon'na. Ac yn deffro fel byddwn i'n mynd i dy longyfarch di. Wir.*

Dim chdi aeth 'i mewn i ysbryd y darn'; ysbryd Chopin aeth i mewn i ti. Dwi wedi bod fel voyeur *efo offerynwyr ifinc byth wedyn. Yn cenfigennu atyn nhw'n cael 'u meddiannu gan y gerddoriaeth wrth iddyn nhw 'i meistroli hi. Tydi hynny ddim i'w weld ar 'u hwynebe nhw, wedi iddyn nhw fynd yn hŷn.*

Dolig wedyn, mi roddes i sioc i bawb wrth fynnu mynd i'r consat a nhwthe'n deud fase ddim raid imi. Ond doeddet ti ddim yno. Dan y ffliw, medden nhw.

Mae pobol yn 'mhitïo i, bod 'yn rhieni wedi 'ngadael i, ond dwi'n teimlo'n hun yn lwcus. Mae teidie a neinie'n anwylach efo'u hwyrion nag oedden nhw efo'u plant, a tydyn nhw ddim yn mynnu rheoli dy fywyd di, fel mae rhieni. Mae rhieni dan orfodaeth i fowldio'u plant, a'u rhaglennu nhw am byth, un ai i ddilyn patrwm, yn slafaidd, neu i wrthryfela'n 'i erbyn o.

Mi ges i ddewis 'yn ffrindie'n hun, a studio'r pyncia a mynd i'r coleg o'n i isio. Beth bynnag ydw i, pwy bynnag ydw i, fi sy' wedi 'ngneud i, nid neb arall. Tydi'r rhan fwya o bobol ddim yn medru bwrw llaw farw'r genhedlaeth o'r blaen oddi ar 'u sgwydde nes 'u bod nhw'n ganol oed, ac erbyn hynny, mae'n rhy hwyr i bob dim ond difaru.

* * *

Almaenas oedd Nain. Gwarfodd hi â Taid pan oedd o'n sowldiwr yn Jyrmani, ar ddiwadd y Rhyfal. Fuo fo'n ffeind iawn wrthi hi a'i theulu, yn dŵad â bwyd a dillad iddyn nhw, pan oeddan nhw'n llwgu, a phobol yn marw o newyn ac oerfal o'u cwmpas nhw. Briodon nhw, a setlo'n dre 'ma ar ôl iddo fo ga'l di-mob. Ond mi newidiodd o. Oedd o'n gas iawn efo hi. Yfad fel ych a hel merchaid. 'Ddiforsiodd hi o ar ôl deuddag mlynadd, oedd yn beth dewr iawn i neud 'radag hynny. Fasa hi wedi lecio mynd yn ôl adra, ond oedd y plant yn rhy hen.

Oedd teulu Nain yn gerddorol iawn. Ar 'i phiano hi ddysgis i. Hi dalodd am lesyns imi, a pherswadio'i brawd yn Jyrmani i brynu piano iawn imi.

'Gyrhaeddis i Grade 8, *ac o'n i am fynd i Fanceinion, i'r* Northern College, *ond fuo Nain farw ac mi ddechreuis inna ganlyn.*

Yn y Nat. West. ma' Gwil. Mae o i ffwr' ar gwrs yn H.Q. am chwe mis. 'Dan ni'n priodi Pasg nesa. 'Dan ni'n hel i ga'l tŷ ond wn i ddim lle byddwn ni'n byw. Ma'n dibynnu lle bydd Gwil efo'i job.

Oedd Nain a Dad yn agos iawn, ac mi ofynnodd hi iddo fo addo y basa fo'n mynnu, pan fasa hi'n marw, bod hi'n ca'l i chrimetio, ac y basa fo'n mynd â'i llwch hi dros yr Abar, i'r Foryd, lle bydda Nain a'i ffrindia'n lecio mynd am dro, ac yn taflu 'i llwch hi i'r môr, i hwnnw fynd â fo'n ôl i'r Almaen.

Ond fynnodd Taid bod hi'n ca'l 'i chladdu mewn bedd oedd o wedi'i brynu'n fynwant i'r ddau ohonyn nhw. Mi drodd o'r plant erill yn erbyn Dad, a hynny fu. Ma' Dad yn teimlo mor euog. 'Dan ni byth wedi siarad efo Taid na'r lleill ar ôl yr angladd. Dyn ofnadwy.

* * *

Es i i Fryste am 'mod i wedi penderfynu byw yng Nghymru am weddill 'y mywyd a meddwl base'n beth da i studio'n rhywle arall. Mae 'na adran ddrama dda ym Mryste.

Ond o'n i'n anhapus iawn yno i ddechre. Teimlo'n hollol allan ohoni, heblaw pan o'n i efo criw oedd yn yfed yn drwm ac yn potsian efo pethe erill. Dwi 'di bod braidd yn gegog rioed, fath â'r rhan fwya o bobol Bryn Glas, ac yn casáu Torïed. Dene sut ce's i stîd gin Gadeirydd y Myfyrwyr Ceidwadol, cythrel mawr tal a chapten y tîm rygbi, ar ôl deud pethe cas am y Cwîn wrtho fo mewn clwb nos.

Oedd hynny'n glewten arall i'n hunanhyder i a hwb fawr i incwm y bragwyr a'r pushers. *Wn i'm beth fydde wedi digwydd imi 'blaw am David, Indiad o dras, a'i deulu o Guyana, wedi setlo yn Llunden. Oedd ynta isio bod yn sgwennwr ac roedd ganddo fo brofiad helaeth o gael 'i leinio gan Saeson.* 'Don't let your contradictions tear you apart, man,' *medde fo.* 'Turn them into writing. Give up the booze and come with me to karate.'

Es i ddim ymhell iawn efo'r karate. Mae'r ethos yn rhy ffiwdal. Ond dwi'n dal ar y wagen.

* * *

Dilynodd Eifion Wendy o'r stafell wledda, i fyny'r grisiau, trwy ddrws derw cadarn â'r geiriau *Strictly Residents Only* arno, ac i goridor cul a oedd fel twnnel panelog wedi ei durio drwy furiau trwchus yr hen westy. Ar ôl troi dwy gornel cyrhaeddasant y *Residents' Lounge,* a addaswyd dros dro yn swyddfa/stafell gyfweld.

Eisteddai Paul Stephens â ffôn symudol rhwng ei law a'i glust, wrth fwrdd hir a osodwyd ar ganol y llawr gyda'i ochr gulaf at y drws. Roedd pentyrrau o bapurau ar y bwrdd ynghyd â ffeiliau, dau gopi o *Oriel* Undeb yr Actorion a chyfrifiadur arffed, a chadeiriau o bobtu iddo – dwy i'r cynhyrchydd a'i ysgrifenyddes ac un ar gyfer yr ymgeisydd.

Ym mhen draw'r stafell, coegai tân nwy mai un glo ydoedd. Rhyngddo a'r bwrdd roedd soffa fawr, flêr, a'i chlustogau wedi eu gorchuddio â deunydd o liw bara ceirch ac arno batrwm blodeuog.

'Fedren nhw ddim 'i chael hi'r ddwy ffor' . . . ' haerodd Stephens i geg y ffôn gan wenu'n groesawgar ar Eifion ac amneidio i gyfeiriad y soffa.

'Ie . . . Ie . . . ' Gyda'i law rydd meimiodd y cynhyrchydd gymhelliad i Wendy gynnig paned o goffi i'r ymwelydd a gwneud un iddo yntau. 'Tydyn nhw ddim yn gweld 'sgynnon ni obaith caneri o fod yn *players* rhyngwladol os na fedrwn ni gadw'n bache ar 'yn hawlie?'

'Coffi?' murmurodd Wendy a ddilynasai Eifion at y soffa.

'Diolch,' atebodd yntau ac eistedd. 'Llefrith, dim siwgwr.'

Syllodd Eifion ar y fflamau bychain coch a glas a chwaraeai uwch y 'marwor' a chlustfeinio.

'Dwi'n leicio 'mheint gymaint â neb, a dwi ddim yn meddwl 'mod i'n Biwritan, ond os ydi o'n meddwi'n gyhoeddus . . . Yn hollol! Mewn gŵyl ffilmie – gofyn am drwbwl! . . . Dim o gwbwl, lad. Arno fo fydd y bai os bydd rhei yn awgrymu wrth 'i fòs o nad ydyw'n ffit i fod yn gomisionêr, heb sôn am gomisiynydd . . . Ie . . . *Champion,* diolch yn fawr iti . . . Fydd 'ne rycsiwns ene os na chawn ni gyfres arall . . . Derfel? Sôn am brima-dona! . . . Tipical actor, ynte? . . . Mi ddaw o at 'i goed. Mae llwyth o sebon a *remix* o Dynged yr Iaith yn gweithio bob tro . . . '

Tremiodd Stephens at gorun Eifion ac ymddiheuro wrth y sawl oedd y pen arall i'r ffôn: 'Gwranda. Ma' gynna i un cyfweliad arall i neud, un pwysig iawn, cyn 'swylio . . . Nage, uffern! . . . Nage! . . . Mae'r dyddie ene drosodd . . . Wela' i di nos Fercher nesa, Dafydd. Hwyl.'

'Crec!' ebychodd y cynhyrchydd wrth ddiffodd y ffôn a throi at Eifion yn wên i gyd.

'Eifion! O'r diwedd, uffen! Sori am hyn, lad!' llefodd Paul Stephens, gan chwilota am nofel Eifion a'r brasluniau a anfonasai ato. Cododd oddi wrth y bwrdd â'r llyfr a'r dalennau'n ei law a brasgamu at y soffa. 'Sut ma' pethe?' holodd yn eiddgar gan eistedd wrth ymyl Eifion.

'Da iawn, diolch, Paul. Ma' hi'n brysur yma.'

'Fel ffair, ffŵl. Drw' dydd. Bob dydd, ers . . . blynydde!'

Dychwelodd Wendy gyda dwy gwpanaid o goffi a phlataid o fisgedi ar hambwrdd. Gosododd hwy ar fwrdd isel rhwng y soffa a'r aelwyd.

'Diolch yn fawr, cariad,' ebe Stephens. 'Cer di rŵan.'

Edrychai Paul Stephens yn fyrrach na'i bum troedfedd naw modfedd oherwydd bod ei ysgwyddau mor llydan, ac yn ieuengach na'i wyth a deugain, am fod gwawl binc ar groen ei wyneb, fel petai newydd gael gwared â llid llencynnaidd, a'i fod yn mynnu fod y sawl a dorrai ei wallt crychiog, tywyll yn efelychu arddull lem barbwriaid cwt sinc dyddiau ei faboed.

O ran diwyg, gellid tybio mai offerynnwr jazz o dueddfryd modernaidd neu reolwr neuadd fingo oedd Stephens, yn ei siwt lac, lliw golosg a'i grys du, di-dei.

'Sut mae 'rhen Ned a Mair?' holodd y cynhyrchydd ar ôl i Wendy orffen cymoni'r bwrdd ac ymadael.

'Go lew, diolch,' atebodd Eifion.

'Cofia fi atyn nhw,' ebe Stephens yn deimladwy. 'Roedd 'Nhad a Mam yn ffrindie mawr efo'r ddau. Ro'dd Ned a'r Hen Ddyn yn y pwll efo'i gilydd, fel ti'n gwbod, a Mam a dy nain yn aelode o bob parti merched a chôr cymysg fuo 'ne'n Bryn Glas ers cyn y Rhyfel. Halen y ddaear.'

Sipiodd y cynhyrchydd ei goffi du a throi at Eifion dan holi'n frwd: 'Be wyt ti'n weithio arno rŵan?'

'Wrthi'n ymchwilio ar gyfer nofel am hen-hen-hen-hen nain imi.'

'Ar ochor Mair 'te Ned?'

'Teulu 'Nhad.'

'Bradwr!'

'Ma' hi'n haws olrhain hanes y rheini. Nhwthe wedi cadw'r un busnes yn y dre 'ma am dros ganrif a hanner.'

'Fydd hi'n nofel reit wahanol i'r *Deintydd?*' awgrymodd Stephens gan nodi'r llyfr oddi ar ei glun.

'Siŵr o fod. Er . . . '

Petrusodd Eifion fel petai'n gyndyn o ddatgelu cyfrinach

wrth rhywun a led-adwaenai.

'Ie?' anogodd Stephens.

'Mae hi'n dechre lle mae hon'na'n gorffen. Na . . . ' Cywirodd ei hun. 'Chwilio am eglurhad, pam mae'r *Deintydd* yn darfod fel mae hi.'

'Efo'r boi yn 'i gell yn mynd dros yr holl bethe dychrynllyd y mae o wedi'i neud?' gofynnodd Stephens dan grychu ei dalcen. 'Ac yn methu penderfynu ydyw'n mynd i herio *drugs baron* y jêl, er mwyn i hwnnw neu un o'i fêts 'i ladd o, neu 'u joinio nhw i redeg y lle?'

'Dyn sy'n methu caru neb, na chredu y medar neb 'i garu o, ydi Brandon Griffiths,' atebodd Eifion. 'Dwi isio styried, trwy ffuglen, pam mae cymaint o Gymry felly.'

'Wyt ti'n meddwl mai gan dy hen-hen-hen-hen-hen nain mae'r ateb?'

'Dwi'n gobeithio y bydd dychmygu'i hanes hi'n rhoi syniad pryd a sut dechreuodd pethe fynd o chwith.'

'Na' i ddeud 'that ti,' chwarddodd Stephens. 'Pan gaeth Adda ac Efa gic-owt o Ardd Eden, uffen!'

''Namcanieth i ydi bod 'ne rywbeth difrifol wedi digwydd i ni'r Cymry dipyn diweddarach na hynny,' maentumiodd Eifion. 'Ddechre'r ganrif ddwetha, pan drodd Methodistiaeth ni o fod yn bobol wyllt, hwyliog a diofal, yn griw mewnblyg a llyweth, ofn beth mae pobol erill yn feddwl ohonan ni.'

'Faset ti a fi ddim yn siarad Cymraeg heddiw 'blaw am y "Methodistied creulon, cas".'

'Ryden ni i gyd wedi talu pris uchel, Paul.'

'Mi laddon y dawnsio a'r canu gwerin, a gneud dirwest yn grefydd,' cytunodd y cyhyrchydd.

'Gwaeth na hynny,' mynnodd Eifion. 'Mi berswadion nhw'r Cymry i ffieiddio'r galon a'u hargyhoeddi nhw bod caru'i gilydd, neu unrhywbeth arall ar wyneb y ddaear yn bechod. Dim ond Duw ac Iesu Grist oedd yn deilwng o'n serchiade ni. Fel mae'r ofergoelieth honno wedi pylu, yn lle mynd yn ôl at garu "pethau gwael y llawr", ryden ni wedi codi eilunod newydd – Cymru, Yr Iaith, lysh, rhyw . . . '

'Fase pobol Bryn Glas yn cael ffit wrth dy glywed di'n siarad fel ene am yr iaith Gymraeg a chrefydd,' ebe Stephens yn feirniadol. 'Sut wraig oedd dy hen-hen-hen nain?'

'Ann Griffiths, neu Gwen Tomos, efo mwy o asgwrn cefn. "Hogan o'r wlad", wrth 'i bodd yn dawnsio, yn canu ac yn prynu dillad crand, cyn iddi gael 'i "hachub". Mary Ann Williams oedd 'i henw hi, a'i thad hi'n ffarmwr cefnog o Sir Fôn. Mi briododd dwrna o'r dre 'ma, yn ddwy ar bymthag. Oedd o'n tynnu at 'i hanner cant, ac mi fu farw pan oedd hi'n un ar hugain, ac yn fam i ddau o blant mân. Er bod y teulu isio iddi fynd yn ôl i Sir Fôn, mi 'rhosodd hi yma a sefyldu busnas *Ship's Chandlers and Ironmongers.* Mi briododd 'i chlerc, John Hughes, dyn duwiol iawn, throi'n Fethodist 'i hun. Yn 1834, mi gyflogon glarc arall, i John gael mynd hyd y wlad i bregethu.'

'Wyt ti'n meddwl bod ffilm ene?' gofynnodd y cynhyrchydd.

'Go brin. Dwi'n meddwl mai nofel dufewnol iawn fydd hi.'

'Pob lwc iti,' ebe Stephens gyda chipolwg ar ei watsh. 'Be am inni sôn am *Y Deintydd?* 'Na' i fod yn onest efo ti, Eifion, yn gwbwl onest: ddaru mi leicio'r llyfr yn ofnadwy. Yr unig gyfle fydda i'n gael i ddarllen nofele dyddie hyn ydi *bonkbusters,* neu Stephen King, wrth ymyl pwll nofio ar 'y ngwylie. Faswn i ddim wedi meddwl edrych ar nofel Gymraeg, a bod yn onest, 'blaw bod Wendy wedi 'mherswadio i. Wyt ti wedi bod yn potsio ene?'

'Di-euog,' atebodd Eifion yn syn.

'Faswn i ddim yn gweld bai arnat ti. Mae'r hogan ene'n sbeshal. Efo *Gwynedd* oedd hi cyn dŵad atan ni ond dwi'n meddwl bydd hi'n gynhyrchydd 'i hun cyn bo hir iawn. Beth bynnag, dene lle'r o'n i'n crafu 'mhen wrth drio meddwl am rwbath *theatrical* i gynnig i S4C a dyma hi'n rhoi menthyg 'i chopi hi o'r *Deintydd* imi. Wn i'm faswn i wedi'i ddarllen o wedyn, a bod yn onest, blaw bo fi'n nabod dy deulu di, ac yn meddwl dylen ni bobol Bryn Glas sticio at 'yn gilydd. A diolch byth am hynny. Dwi'n meddwl y gneith o gracar o ffilm.'

'Diolch yn fawr, Paul.'

'Does ddim raid imi ddeud wrthat ti, o bawb, bod 'ne lond gwlad o wahanieth rhwng nofel a ffilm, a bydd 'ne lot o waith ailwampio wrth inni'i haddasu hi. Ond dwi'n gaddo newidiwn ni mo'r stori, ond lle bydd raid.'

'Beth faset ti'n lecio'i newid?' holodd Eifion yn bryderus.

Y diwedd ydyw'r unig enghraifft fedra' i feddwl amdani o dop 'y mhen. Tase'r ffilm yn gorffen fel ma'r nofel, ma' 'ne beryg i bobol roi 'u penne'n y gas stôf.'

'Mi wyt ti isio diweddglo hapusach?'

'Fydd hanes Brandon yn darfod yn union fel mae o gen ti, ond dipyn mwy – sut deuda' i? – cryno. Be dwi'n awgrymu ydi'n bod ni'n datblygu rôl yr hogan sy'n helpu i'w ddal o, Olwen, a'i pherthynas hi â'i chariad. A dŵad â mwy o syspens i mewn. Ydy o'n mynd i ladd hon eto a chael get-awê efo bob peth mae o 'di neud?'

Oedodd Paul Stephens i gael ei wynt ato a mynd rhagddo cyn i Eifion fedru llunio ymateb a fyddai'n gwarchod ei greadigaeth heb ddigio'r cynhyrchydd.

'Dwi wedi siarad efo'r comisiynydd yn awgrymu cynhyrchiad cefn-wrth-gefn efo cwmnïa o Loegar, neu'n well fyth o Mericia, ac mae o isio i ti a fi ddŵad at 'yn gilydd, gynta medrwn ni, i neud beibil o gymeriade, a braslun gweddol fanwl. Sut bydd hi arnat ti'n ystod y bythefnos nesa?'

'Iawn . . . '

'Ffônia Wendy fory. Hi sy'n gwbod pryd dwi'n rhydd.'

Shyfflodd Stephens y dalennau a anfonasai Eifion ato. '*Blodeuwedd*. Da iawn, eto,' dyfarnodd, megis o lwyfan Eisteddfod Gadeiriol Bryn Glas. 'Leicio'r syniad fod *tribe* Blodeuwedd, y "bobol fach ddu" wedi dŵad o Affrica a'r Celtiaid, *tribe* Lleu, o Asia, a bod 'u miwsig nhw'n awgrymu hene. Gwydion, y *shaman*, yn iwsio drygie i greu 'i wyrthie a'i weledigaethe. Grêt. Gwydion yn helpu'i frawd i rêpio morwyn y brenin . . . Ie . . . Hwnnw'n cosbi'r ddau wrth sbaddu Gilfaethwy a gorfodi Gwydion i ffwcio'i din o yn y goedwig . . . Rhy gry, Eifion. Rhy ych-a-fi . . . Gwydion yn rêpio'i chwaer 'i hun, Arianrhod, a dyna pam mae hi'n casáu 'i mab a Gwydion yn gneud cymaint drosto fo. Gwd . . . '

Amneidiodd Stephens ragor o gymeradwyaeth a darllen yn uchel o'r braslun: 'Yma, mae Blodeuwedd a Lleu yn llawer anwylach at ei gilydd nag yn y *Mabinogi* ac yn nrama Saunders Lewis. Mae'r ddau'n amddifad a chododd Blodeuwedd yn y byd wrth briodi uchelwr o Gelt. Teyrngarwch at ei llwyth brodorol a rhyddid cyntefig ei bywyd gynt sy'n ei denu hi at

Gronw.'

Cododd Paul Stephens ei olygon oddi ar y ddalen yn ei law ac edrych i wyneb Eifion. 'Da iawn,' meddai. 'Dwi'n leicio nene. Mae o'n dyfnhau y tri phrif gymeriad, yn cymhlethu'r berthynas rhyngddyn nhw ac yn creu mwy o densiwn. Faswn i'n leicio iti fynd gam ymhellach, Eifion.'

Gwyrodd Stephens ei ben at Eifion yn gynllwyngar a chau ei ddwrn yn dynn: 'Dwi'n gwbod y bydd hyn yn gwylltio'r academwyr a'r *purists,*' meddai'n herfeiddiol, 'ond fel wyt ti'n deud ar ddechre'r braslun, ma' gin pob cenhedlaeth hawl i ddehongli'r *Mabinogi* yn 'i ffor' 'i hun. Dyletswydd i neud hynny, hyd yn oed. A does dim rhaid inni boeni am *copyright,* diolch byth! Rŵan 'te. Beth tase Blodeuwedd yn mynd yn ôl at Lleu, yn lle dengid efo Gronw a'r ddau'n cael 'u lladd?'

Llefarodd mudandod Eifion yn huotlach na geiriau. Ymatebodd Stephens i'r her gydag angerdd: 'Mi fydde'r diweddglo ene, efo Blodeuwedd a Lleu'n madde i'w gilydd, run fath â Siwan a Llywelyn yn nrama Saunders, yn deud mwy o wirionedd am y berthynas rhwng gwŷr a gwragedd heddiw – a thrwy'r oesoedd – na *predictable cliché* dau gariad yn marw ym mreichie'i gilydd.'

'Ella'n bod ni'n meddwl am ddwy ffilm wahanol?' awgrymodd Eifion.

'Dau ddiweddglo gwahanol, lad,' atebodd Paul Stephens yn dalog. 'A dim ond syniad ydyw. Awgrym. Falle ma' dim ond syniad fydd y cwbwl. Mae Paul Turner wedi bod yn sôn am neud ffilm am Blodeuwedd ers blynyddoedd. Tydi S4C ddim wedi dangos diddordeb mawr, hyd yn hyn, ond wyddost ti byth efo'r ffycyrs ene. 'Ganolbwyntiwn ni ar *Y Deintydd.* Os llwyddwn ni efo fo, ella cawn ni jàns i roid Blod ar y sgrîn hefyd. Pwy a ŵyr?'

'Wyt ti'n cynnig comisiwn imi?' gofynnodd Eifion yn betrus.

'Dwi am neud cais i'r comisiynydd am arian datblygu, ac yn ôl be mae o wedi'i ddeud wrtha' i'n barod, mi gawn ni o. Gwenodd Stephens gan ychwanegu: 'Dwi'n edrych ymlaen at weithio efo ti. Efo bachgen o Fryn Glas. Wn i mai gwlad o gymunede ydi Cymru, a phob un yn wahanol, ond den ni'n fwy fel *off shore island.* Debyg iawn i'r *Aussies* a'r Saeson. Siarad yr un iaith – fwy neu lai – ond cythrel o fentaliti gwahanol. Be wyt ti'n ddeud?'

'Am y comisiwn?' gofynnodd Eifion.

'Siŵr iawn!'

'Ia. Diolch yn fawr.'

Gwenodd y cynhyrchydd. 'Grêt!' llefodd dan gydio yn llaw dde Eifion a'i gwasgu. 'Gawn ni'r *première* yn y Stiwt, uffen!'

Difrifolodd wyneb y cynhyrchydd: 'Dwi am ofyn cwestiwn braidd yn bersonol iti rŵan, Eifion. Personol iawn, a deud y gwir. Faswn i fyth yn meiddio, 'blaw bydd rhaid imi blymio i berfedd dy nofel di. A 'mod i'n dy nabod di a dy deulu mor dda. Toes dim rhaid iti ateb cofia. Os ddeudi di wrtha' i am feindio 'musnes 'yn hun, fydda i ddim dicach . . . '

'Ie?'

'Ydi'r nofel yn rhyw fath o ddameg? Ydi hanes magwraeth y boi 'ma'n adlewyrchu, rhywsut, dy brofiad di?'

Pwysodd Eifion ei gefn ar gefn y soffa a syllodd ar y fflamau anwadal, mân. 'Pan o'n i'n hogyn bach,' meddai, 'mi fuo Mam yn gweithio i Gordon Hannah y *dentist*. Wyt ti'n 'i gofio fo?'

'Clamp o *chap*? Golffiwr o fri?'

'Ie,' atebodd Eifion. 'Dwi'm yn meddwl bod Mam a fo'n cael *affair,* ond mi fedrwn i synhwyro rhywioldeb 'u perthynas nhw. Roedd hi mor wasaidd efo fo – "*Yes, Mr Hannah . . . No, Mr Hannah . . .* " A hithe'n gymaint o fòs arna' i a Dad. Toeddwn i ddim yn cofio hynny pan 'nes i Brandon yn ddeintydd,' meddai gan ddal i syllu i'r tân.

'Dy fam oedd yr hogan bropa ym Mryn Glas, pan o'n i d'oedran di,' ebe Paul Stephens. 'Oedden ni i gyd mewn cariad efo hi.' Ychwanegodd dan ochneidio: 'Gobeithio 'mod i ddim wedi d'ypsetio di, Eifion?'

'Naddo,' atebodd Eifion gyda gwên gynnil. 'Pryd cwarfwn ni?'

'Ffônith Wendy di ddechre'r wsnos nesa,' meddai Stephens gan osod y brasluniau a'r llyfr ar gornel y bwrdd coffi. 'Ond cyn iti fynd, mae 'ne un peth arall dwi isio siarad amdano fo efo ti. Wyt ti wedi clywed am *Y Farchnad?*'

'Pa un?' gofynnodd Eifion.

'Sebon. Pum diwrnod yr wythnos. Bob nos. Chwarter i ddeg.

Deg munud y bennod. Slot chwarter awr. Dechre'r flwyddyn nesa?'

'Ddim tan rŵan.'

'Cyffrous ac uchelgeisiol – iawn!' haerodd y cynhyrchydd dan drywanu'r gofod o'i flaen â blaen ei fys. 'Lleoliad – Hen farchnad y dre. *Situation*/sefyllfa: y berthynas stormus, weithie, doniol, dro arall, rhwng staff y cwmni teledu sydd â stiwdio newyddion yn y farchnad, a'r bobol sy'n 'i rhedag hi, neu'n cadw stondine ene. Y ddau brif gymeriad fydd pennaeth y cwmni teledu a phennaeth cwmni'r farchnad. Y ddau tua deugain oed. Fo wedi colli'i wraig mewn damwain car. Hithe newydd gael difôrs a dod yn ôl o Lunden lle'r oedd ganddi hi job *high-powered* fel *barrister* neu *accountant*, neu rhywun uchel iawn efo *Carlton* neu'r *Bib*. 'Dan ni ddim wedi penderfynu eto p'run fydd y cyfryngi a ph'run fydd yn rhedeg y farchnad.'

'Swnio'n ddiddorol,' ebe Eifion yn gwrtais.

'Chwyldroadol, lad!' ebe Stephens yn frwd. 'Actorion fydd yn chwarae'r prif bartie, ond bydd gan aelode o staff cynhyrchu *Ap Steffan*, pobol y farchnad ac aelode o'r cyhoedd ranne hefyd.'

'Fyddan nhw'n creu 'u llinelle wrth fynd ymlaen?' holodd Eifion.

'Fase nene'n fendigedig,' chwarddodd y cynhyrchydd, '*More's the pity* fydd raid inni gyflogi pobol fel ti! 'Sgen ti ddiddordeb?'

'Leciwn i glywed mwy . . . '

'Fydd ene bump ohonoch chi, wedi'ch cyflogi gan *Ap Steffan* ar gytundeb blwyddyn, i ddechre. Dechre ar y *storylines* 'mhen deufis. Bydd y gwaith yn galed, ond dalwn ni *top whack*. Bydd hynny ar ben be gei di am *Y Deintydd*.'

'Ydi'r comisiwn i sgriptio'r *Deintydd* yn ddibynnol ar fod yn aelod o dîm *Y Farchnad?*'

Petrusodd y cynhyrchydd am eiliad cyn ateb yn bwyllog: 'Nag ydi, Eifion. Ond cofia mai dim ond y cam cynta ydi'r arian datblygu. Fydd gynnon ni lot gwell tsians o gael symud ymlaen os byddi di ar staff *Ap Steffan*.

'Ga' i amser i feddwl, Paul?'

Amneidiodd y cynhyrchydd yn gydsyniol: 'Ga' i ateb erbyn diwedd 'rwythnos nesa?'

'Cei.'

'Glywes i bod gen ti blanie i fynd dros y môr,' ebe'r cynhyrchydd. 'Yr unig beth ddeuda' i, Eifion, ydi *"There is a tide in the affairs of men . . . "* ac ati ac yn y blaen. Os wyt ti o ddifri ynglŷn â gneud gyrfa ac enw i ti dy hun fel sgwennwr, dyma dy gyfle di. Ma'n debyg bydd rhaid iti roi'r nofel *on hold* am sbel. Ond mi gadwith. A chofia – gei di glod, mawl, parch a bri yr *academics* am nofel, ond ddarllenith fawr neb arall hi. Ffilm a theledu ydyw'r cyfrynga i gyrraedd calonne'r unig gynulleidfa sy'n cyfri. Pobol gyffredin Cymru. Y werin. Y bobol nath ti a fi be yden ni.'

'Ie.'

'Dene ni 'te!' ebychodd Paul Stephens gan ysgwyd llaw'n foddhaus ag ef ei hun. 'Na' i'm dy gadw di funud arall,' meddai a chodi oddi ar y soffa.

Gwnaeth Eifion yr un modd. 'Diolch am y sgwrs, Paul,' meddai.

'Dwi'n disgwyl daw 'ne bethe mawr ohoni hi, Eifion,' ebe'r cynhyrchydd gan wasgu ei fraich a'i hebrwng at y drws. 'Pethe mawr iawn hefyd. Wyt ti am fynd yn d'ôl i'r Sw?' holodd dan bwyntio at y llawr.

'Jest am rhywbeth i fwyta.'

'Os bydd rhywun yn gofyn amdana' i, deud bydda i lawr 'mhen rhyw chwarter awr.'

Dychwelodd Eifion i'r parti a lloffa ymhlith gweddillion y byffe yng nghwmni aelodau o Breizhblues, a'i holodd sut yr aeth y cyfweliad.

'Rhy dda,' atebodd gan ddisgrifio ei gyfyng-gyngor.

'Dos i Giwba os wt ti am ganu dy gân dy hun,' oedd cyngor y pencerdd digrifddwys.

Chwiliodd llygaid Eifion am Wendy a'i gweld yr ochr draw i'r stafell, yn eistedd ar gadair a oedd yn un o res â'u cefnau at y pared, yn wynebu'r bwrdd bwyd. Ymlwybrodd tuag ati â phlataid o frechdanau, creision a chnau yn ei law a sefyll ychydig droedfeddi oddi wrthi i'w bwyta. Sgyrsiai Wendy gyda'r goluryddes, Lleucu, a eisteddai agosaf ati, a Little Jeff, trydanwr o Drefcelyn/*Newbridge,* a eisteddai wrth ymyl Lleucu. Yn y man, trodd Wendy at Eifion a gofyn dan wenu: 'Wt ti am ymuno efo teulu mawr, hapus *Ap Steffan?'*

'Dwn i'm,' atebodd Eifion. Pwyntiodd at y gadair wag rhwng Wendy a 'Harri Tryfan'. 'Ga' i ista'n fan'na?' gofynnodd.

'Siŵr iawn.'

'Sut un i weithio iddo fo ydi Paul Stephens?' gofynnodd Eifion.

'Dwi'n 'i gael o'n deg iawn,' atebodd hithau. 'Fydd o'n siomedig os na ddoi di atan ni.'

'Faswn i wrth 'y modd yn troi'r *Deintydd* yn ffilm,' addefodd Eifion. 'Dwi ddim mor siŵr ynglŷn â'r *Farchnad.'*

'Wn i ddim ddylwn i ddeud hyn wrthach chdi, Eifion,' meddai Wendy gan wyro'i phen tuag ato a gostwng ei llais. 'Os penderfyni di weithio ar *Y Farchnad*, gna'n siŵr mai contract hunangyflogedig gei di efo'r llall.'

'Pam?'

'Chei di ddim taliada ailddangos os mai ni fydd bia'r hawlfraint,' eglurodd Wendy. 'Ma' Paul yn un hawdd iawn i weithio iddo fo,' murmurodd yn gyfrinachol, 'ond ma'r cynhyrchwyr annibynnol i gyd dan bwysa i roid *value for money* i S4C. Pan fydd yr esgid fach yn gwasgu, ma' pob cyflogwr yn gneud yn siŵr ma' traed rhywun arall sy'n brifo.'

'Diolch yn fawr iti, Wendy,' ebe Eifion. Syllodd i'w hwyneb am ennyd cyn ychwanegu, 'Toedd hi ddim ar dy feddwl di i weithio i'r cyfrynga tro dwetha gwelon ni'n gilydd?'

'Ma' 'na lot o betha wedi newid er hynny, Eifion,' meddai Wendy gyda gwên hiraethus.

'Eifion Maelor! Pwy ffwc wt ti'n feddwl wt ti?' taranodd llais uwch eu pennau. Cododd y ddau eu llygaid a gweld Derfel Parri, ei beint yn ei ddwrn a'i wyneb wedi ei lurgunio gan gasineb ac alcohol, yn cuchio ar Eifion.

'Be sy'n dy boeni di, Derfel?' holodd Eifion.

'Chdi, washi!' rhuodd Derfel, nes tawelu'r trydar o'u hamgylch. 'Yn gosod dy linyn mesur bach, pitw dros waith rhywun sy'n gneud mwy o gyfraniad mewn mis na 'nei di'n d'oes! Tasat ti'n sgwennu llond llyfrgell o nofela uchal-ael.'

'Callia wir dduw, Derfel,' gorchmynnodd Wendy.

'Trafodaeth ar bwnc diwylliannol o'r pwys mwya rhyngdda' i ac Eifion ydi hon, Wendy,' ebe'r actor mewn llais addfwyn a than wenu'n siriol. Trodd yn ôl at Eifion dan sgyrnygu: 'Pwy ffwc wt ti'n feddwl wt ti'r cont?'

Cododd Wendy. 'Dwi'n mynd i chwilio am Stephens,' meddai.

''Nest ti'n sarhau i, y basdad bach digywilydd,' gwaeddodd yr actor heb gymryd sylw o eiriau Wendy na'i hymadawiad.

'Wyt ti'n meddwl dy fod ti uwchlaw beirniadaeth?' gofynnodd Eifion, yn ymwybodol fod cylch cynyddol yn gwrando ar y ffrae.

'Mi barcha' i dy "feirniadaeth" di, washi,' poerodd Derfel, 'pan fedri di ddeud dy fod ti wedi sgwennu y ddwy gomedi sefyllfa a'r dair ddrama gyfres fwya poblogaidd fu ar y Sianal rioed. Heb sôn am ddramâu llwyfan a sioea di-ri.'

'Be am inni barhau'r "drafodaeth ddiwylliannol" yma tu allan?' awgrymodd Eifion, a chychwyn codi. 'Ma' hi braidd yn *boring* i bawb arall.'

O gil ei lygad, sylwodd Eifion ar Derfel yn codi ei wydryn gyda'r bwriad amlwg o arllwys ei gynnwys drosto. Cydiodd yng ngarddwrn yr actor ac aeth y rhan fwyaf o'r cwrw, oedd eisoes ar ei hynt, dros Lleucu, a'r gweddill dros Jeff.

Tan hynny, teimlai'r trydanwr ei fod yn cael hwyl ragorol ar y goluryddes, ac er mai bychan o gorffolaeth ydoedd, meddai dymer ffosfforaidd. Cythrodd Little Jeff i wddf Derfel Parri gan ddodi ei goes dde y tu ôl i un yr actor, ei hyrddio i'r llawr a'i ffustio'n ddidrugaredd.

Ar amrantiad, amgylchynwyd y trydanwr cynddeiriog a'i ysglyfaeth gan wrywod eraill yn ymlafnio i'w gwahanu. Paul Stephens oedd y blaenaf o'r rhain. Lapiodd y cynhyrchydd ei freichiau am Jeff dan floeddio: *'Don't touch his face, Jeff! He's filming tomorrow! Stamp on his bollocks! Break his legs! I don't give a shit! But for Christ's sake, don't touch his face!'*

Llusgwyd Derfel a Jeff gan eu cyfeillion i begynau cyferbyniol y stafell, yn ddianaf. Hebryngwyd Lleucu gan Wendy a dwy ysgrifenyddes at y toiled agosaf, yn wlyb diferol. Eglurodd Eifion ei rôl ef fel catalydd diniwed y sgarmes wrth ei gydnabod ac eraill.

Ymdawelodd y cynnwrf a dychwelodd y gwesteion at y gorchwyl o geisio anymwybod trwy gyfrwng alcohol, neu gyfathrach rywiol, neu gyfuniad o'r ddeubeth. Arhosodd Alan 'Anwar' gydag Eifion i'w holi ynglŷn â'i gyfweliad â Stephens a'r dewisiadau a'i hwynebai.

'Fydd dy fodan di'n siomedig ar y naw os tynni di'n ôl?' awgrymodd Alan.

Cydsyniodd Eifion. 'Ella na faswn i rioed wedi cwarfod Menna 'blaw amdanach chdi,' meddai.

'O'n i rêl Ciwpid, 'tôn? Os mêts . . . '

'Ddim rhaid ichdi ofyrdosio i ddangos faint o feddwl s'gin ti ohona' i.'

'Werth o i neud chdi'n hapus, cont.'

Pan ddychwelodd Wendy gadawodd Eifion ei gyfaill gan ddweud bod rhaid iddo siarad â hi cyn ymadael.

'Biti am hyn'na,' oedd cyfarchiad Wendy.

'Ie,' cydsyniodd Eifion. 'O'n i wedi meddwl cael rhagor o sgwrs efo chdi ynglŷn â sut wyt ti'n meddwl baswn i'n ffitio yn *Ap Steffan.*'

'Ffônia fi'n gwaith, wsnos nesa,' meddai Wendy'n ewyllysgar. 'Ne galwa acw.'

'OK,' ebe Eifion. 'Dwi am 'i throi hi rŵan. Ga' i gynnig lifft i chdi?'

'Cei,' ebe Wendy. 'Dwi 'di ca'l dwrnod reit *hectic*. Gwitshia imi ddeud wrth y genod a hel 'y mhetha.'

'Faset ti'n lecio dod am dro efo fi fory,' gofynnodd Eifion, wrth iddynt nesu at y chwilen oren a lechai yng nghysgod muriau'r dref.

'I le?'

'I Bentre'r Bont yn y car a'i adel o yno,' meddai Eifion. 'Cerdded ar hyd yr hen lein, am sbel, a throi i fyny am y Lôn Wen. Galw heibio cartre Kate Roberts, i lawr at y lôn bost, ac yn ôl at y car. Rhyw bedair awr.'

'Synnu bo' chdi'n un o ffania Kate?' sylwodd Wendy.

'Ddim felly. 'I pharchu hi am fedru sgwennu o gwbwl dan bwyse rhwystredigaethe mor anferthol.'

'Fedra' i ddim, sori,' ymddiheurodd Wendy. 'Fydda i'n gweithio tan ganol pnawn.'

'Rhywbryd eto 'te?'

Ni welai Wendy ei wyneb ond clywai'r siom yn ei lais. 'Be am banad yn Caffi Cei, tua pedwar?' cynigiodd.

Pan yrrodd Eifion y VW i mewn i fuarth yr Hafod, disgleiriai ffenestr un o'r llofftydd fel marworyn eirias ynghanol pentwr o ludw. Clodd y car a cherdded i lawr y lôn drol welltog at lan y llyn.

Eisteddodd ar draethell o raean a cherrig llyfnion a syllu dros y dŵr metalig, diflanedig i fagddu'r fforest a lechai yng nghesail y Mynydd Mawr. Ni theimlai oerfel canol nos mis Mawrth ac ni tharfwyd ar ei feddyliau gan ambell i fref gysglyd o'r llethrau y tu ôl i'r tŷ, na gwawch aderyn o'r goedwig, tu draw i'r llyn.

* * *

Syrthis i mewn cariad efo'i enw fo. Phillipe Amadeus Lenoir. Yr enw tlysa' roeddwn i wedi'i glywad erioed. Roedd o gyn harddad â'i enw. Gwallt modrwyog, tywyll, at 'i sgwydda; gwynab brown, iach; très sportif; *golygus yn ffordd ddiymdrach, wamal rhei Ffrancwyr.*

Briodis i Phillippe, yn lle mynd yn ôl i Gaerdydd i orffan 'y ngradd. Euthon ni i'r Côte d'Ivoire, fo i newyddiadura a finna'n athrawes Ffrangeg a Seusnag, a dechreuon ni deulu. Arhoson ni ddwy flynadd yn Abidjan cyn symud i Congo Brazzaville, lle dechreuis i gyfieithu. Cameroun, Senegal a Benin, wedyn, a Moroco, lle penderfynon ni wahanu.

Mae bywyd yr ex-pat *yn braf iawn. Cyfloga uchal, costa byw isal, dim trethi gwerth sôn amdanyn nhw, morynion a gweision i neud pob job ddiflas – cwcio, tynnu llwch, llnau'r lle chwech, golchi'r car, magu'r plant. A dwyt ti ddim yn teimlo'n euog o gwbwl, am dy fod ti yno i'w helpu nhw trwy addysgu, hyfforddi, dosbarthu bwyd neu ddatblygu'r wlad. Mor wahanol i'r imperialwyr o'n blaena ni!*

Roedd Phillippe a fi'n arbennig o freintiedig, oherwydd 'yn swyddi. Yn cymdeithasu efo arlywyddion, cadfridogion diplomyddion rhyngwladol, ac enwogion o bedwar ban byd.

Bywyd bendigedig o anghyfrifol. Voyeur *wyt ti. Gwyliwr gwrthrychol, diwreiddia, â rhwyma emosiynol ansylweddol iawn yn dy gysylltu di efo'r brodorion a'r* ex-pats *erill. Ac er bod gen ti, o bosib, ddaliada ac egwyddorion gwleidyddol blaengar, asgell chwith, does 'na ddim fedri di neud i'w gweithredu nhw. Mi fedri ganolbwyntio ar fwynhau bywyd. Pan eith rwbath o chwith –* coup, *rhyfal cartra, llifogydd, corwyntoedd, cnyda'n methu – newid gwlad.*

Diddordab yn y diwyllianna brodorol ddaeth â fi'n ôl at 'y ngwreiddia. 'Nes i lawar iawn o waith maes, teithio miloedd o filltiroedd, sgwennu amball i bapur academaidd, a llond drôr o erthygla. Ond po ddyfna treiddis i i wareiddiad Affrica, mwya des i i sylweddoli na wyddwn i ddim am 'y niwylliant 'yn hun.

Hefyd – mi nath y cyfieithu fi'n niwrotig. Ma' hynny'n gyffredin ymhlith cyfieithwyr oherwydd 'yn bod ni megis sianeli i syniada, dadleuon a phenderfyniada pobol erill lifo trwyddan ni. Erbyn y diwadd, mi fyddwn i'n cyfieithu mewn cyfarfodydd cyfrinachol o ddynion pwerus iawn, ac yn trafod, yn ddiymadfarth, syniada melltigedig, a phenderfyniada creulon alla beri i filoedd ar filoedd o bobol ddiniwad golli'u bywyda, trwy newyn neu ryfal. Rhwng Ffrangeg a Seusnag fyddwn i'n cyfieithu fel arfer, a mymryn o Sbaeneg ac Almaeneg. Doedd y Gymraeg yn ddim ond patois *bora oes. Es i ar 'i hôl hi i osgoi mynd yn sâl.*

Wyddost ti fawr rhagor am Moroco, mae'n debyg, na'r rhan fwya o bobol sy' ddim yn byw yno. Er bod 'i delwedd hi'n ddeniadol iawn, am fod y brenin yn wleidydd cyfrwys a deallus sy'n feistr ar P.R.*, mae hi'n wlad fwy gorthrymus na De Affrica dan apartheid, â miloedd o garcharorion gwleidyddol wedi diflannu a'u claddu'n fyw, am oes, mewn celloedd dan y Sahara.*

Fel golygydd un o bapura pwysica Rabat, mi oedd Phillippe yn rhan allweddol o beiriant P.R. *soffistigedig y* régime *ac yn credu'i bropaganda'i hun. Medda fo. Roedd y gynnen bersonol yn un gas iawn, erbyn y diwadd, ddaeth pan aeth Arthur a Catrin i* lycée *yn Ffrainc, a ddes inna'n ôl i Gymru.*

Mae'r job rydw i'n gynnig iti'n un fedri di 'i gneud yn gydwybodol heb i hynny ymyrryd efo dy sgwennu di. Fedrwn ni droi'r hen lofft stabal yn stiwdio iti. Fyddi di'n hollol annibynnol. Yn mynd a dŵad fel leci di. Welwn ni'n gilydd gymaint neu gyn lleiad ag y byddwn ni isio.

* * *

Dadebrwyd Eifion gan chwa iasol a ehedai dros y dŵr o'r dwyrain. Canfu ei fod yn crynu. Cododd a dychwelyd i'r buarth. Roedd y ffenestr a fu'n olau gynnau cyn llwyted â gweddill yr hen ffermdy yn awr.

Esgynnodd Eifion risiau dur y llofft stabal heb darfu ar dawelwch y nos.